Textes écrit par Isabelle FRÉDÉRIC
Illustrations créées par Rv
Photographies réalisées par Samuel PIERRE

« Le meilleur moyen de croire à l'impossible est de croire que c'est possible ».

Tim Burton

L'homme aux yeux marguerites

Ta tête de plante à moitié flétrie me donne envie de déambuler dans les méandres abrupts de ma fantaisie farfelue en floraison.

Tes oreilles de chou en fleur,

Ta démarche légumineuse,

Tes graines de plaisir *nectarisées*,

Ton coulis de miel à l'odeur printanière de produits ménagers,

Me procurent un besoin orgasmique d'expulser des pétales de roses *polychromiques* de ma bouche.

Devant tes globes *oculairement* fleuris, je pourrais prendre racine.

Tu es un été éternel, je ne peux que bourgeonner sous l'effet de serre de tes yeux marguerites.

Mon frère s'appelait Marcel

J'avais un frère qui s'appelait Marcel. Son histoire est extraordinaire. Il faut que je vous raconte.

Il était une fois, Marcel. Un petit bonhomme corpulent, avec trois poils sur le caillou. Il avait des yeux vitreux et globuleux, fallait l'admettre. On les lui avait collés comme ça, tous entiers sur son visage rond de chair grasse et rose. Ses doigts étaient boudinés, tellement minuscules qu'on aurait cru deux palmes de lamantin. Ses petites dents de poney, étaient quant à elles trop mignonnes. Écoutez-moi ça ! Ses oreilles paraissaient à elles seules une énigme de la nature, déployées au plus loin de son dôme crânien. Même son ombre était unique, avec ces majestueuses escalopes. On pouvait aisément se méprendre sur son aspect physique, l'ombre de Marcel avait trois têtes. C'était un petit sac à viande adorable.

On pouvait rester des heures à rêver en se faisant gratiner au soleil, comme deux touristes fainéants en vacances, dans un village naturiste. Sa présence berçante et quelque peu maternelle ; donnait toujours cette impression étrange qu'il me parlait sans que le moindre son ne sorte de sa bouche. Un silence d'église qui nous allait à merveille. J'étais comblée ! Souvent, je partais au moment où un filon mouillé dégoulinait le long de sa joue, sur son menton et sur tous les plis de son cou. Sa bave de mollusque finissait en cascade chic dans la pelouse de maman. J'aimais croire que son sommeil d'enclume était grâce à moi, et à moi seule. Mais aujourd'hui je n'en suis plus très sûre.

Les années ont passé. Enfin pas tant que ça, juste deux.

Mon Marcel ; resta égal à lui-même, solitaire et pensif. Jamais un mot. Jusqu'au jour où il tomba amoureux fou, l'union improbable et fascinante, de Marcel avec une pigeonne. Oui ! Oui ! Une véritable pigeonne, sans métaphore et sans moquerie, je parle d'une réelle pigeonne : plumes qui puent le phoque, ailes trouées de chauve-souris, bec en forme d'appendice de sorcière, pattes ridées bien dégueulasses, bref toute la panoplie. Une Pigeonne quoi ! Ils devinrent vite inséparables. Le cœur de Marcel vivait à différentes allures. Tantôt débordant de passion, tantôt se gorgeant de tristesse, et d'autres fois se dégradant de chagrin face à cet amour impossible de par leurs différences. Un soir, il se mit à boire encore et encore, Pigeonne sur l'épaule. Dans un état, que je ne nommerai pas, mais que j'appellerai « coma éthylique », prémice de la cirrhose ; pour rester vague, Marcel se mit à demander, à supplier de l'aide. Un coup de pouce, un coup d'épaule, un coup de godasse, n'importe quoi pourvu que ça l'aide à avancer dans la direction de sa douce Pigeonne aux ailes détraquées.

Il pria aussi fort que son être le lui permettait. « S'il vous plaît, faites que je devienne, un truc comme, un animal qui me ressemble ou bien laissez moi en finir avec tout ça. Prenez ma carcasse et cramez la, un soir de feu de camp en vous grillant des marshmallows ». À son réveil, ou du moins, au moment où ses paupières voulurent bien lourdement se redresser, il se sentit à côté de ses pompes, mais étrangement en forme. Mon Marcel se leva et découvrit l'immensité du monde. Il jeta un regard interloqué tout autour de lui. L'aube se levait aussi difficilement que notre malade éphémère. Tout était gigantesque. La chaise longue sur laquelle il agonisait la veille, était devenue éléphantesque. Beaucoup de choses passaient alors dans sa petite tête d'alouette : « Punaise c'est quoi ce bordel ? Je suis mort ou quoi ? Comment je vais descendre de cette *montagne-chaise* ? Fini ! Cette fois j'arrête réellement la vinasse ! Oh ! Mon verre est vide ! ». Il avança d'un pas hésitant et dit : « hé ! Cet immense et monumental verre à moutarde est à moi ? » Marcel examina l'objet non vraiment identifié. Soudain, il vit son reflet. La petite voix dans sa tête causait toujours : « Ahhhhh merde ! J'ai viré au gris ! Voilà ! On y est ! Je m'engage dans la voie sinueuse et sans issue de mon amie cirrhose ! Je n'en crois pas mes moustaches ! Quoi ! Des moustaches ! Pourquoi les foies avariés ont-ils une influence sur la pilosité ? Ohhh ! Il doit être au stade de damnation foudroyante ! J'ai des poils sur tout le corps ! ».

Effet secondaire me direz-vous de la poire centenaire, de la prune fermentée et de son essence rouge à quatre-vingt-dix degrés. Marcel, prônait haut et fort, et ce depuis des lustres et contre la terre entière si nécessaire, le bien être que lui procurait sa salade de fruits liquide.

« Ma tête ! Ma tête s'est transformée ! En ... en GERBILLE ! Mon dieu je suis une gerbille ! Ma prière, c'est donc ça ! Ma prière est exaucée ! Pigeonne ! Où est ma douce Pigeonne ? ». Inouï, son existence avait changé de visage...

Après avoir passé le choc, l'incompréhension, la peur, la joie, et une fois que les tourtereaux eurent fait une nouvelle fois connaissance, nous décidâmes de leur confectionner et de leur *fabricoter* leur petite « grotte d'amoureux ». C'est beau l'amour quand c'est partagé et consommé avec passion ! Demandez aux divorcés ou aux célibataires endurcis.

Ils étaient radieux et reconnaissants de ce cadeau providentiel et puis soyons honnêtes, personne n'aurait pensé que Marcel trouverait l'âme sœur. Tous les sites de rencontres actuels auraient été bien désarmés face à ce candidat hors normes. Par chance le destin le sortit d'affaire.

Je trouvai un coin parfait dans le poulailler, un ancien box à cochons. C'était assez spacieux pour une gerbille et une pigeonne. Paille fraîche, foin sec et moelleux récupérés dans les box à chevaux, plusieurs bouquets de marguerites de la taille de la demeure miniature, de la vaisselle d'une dînette en porcelaine que je subtilisai, à une gamine bêcheuse, de passage dans notre hameau de campagne. J'aurais pu me faire dévorer la main ou me faire brûler vive par cette diablesse, mais rien n'était trop beau pour Marcel et Pigeonne. Une petite maison dans la prairie, mais dans un poulailler. Croissants sous le bras pour les amants des champs, chocolat chaud pour moi, on s'apprêtait à fêter la fin de l'installation. Trois jours d'aménagement dans le box du bonheur, ça se fête.

Je me rendis à leur caverne, chantonnant, telle Heïdi mais sans la robe rose, avec vingt-cinq ans de plus, les cheveux coiffés par les couvertures qui défiaient toutes les lois de la gravité et les yeux encore collés. Arrivée sur place, pas un bruit. Dormaient-ils encore ? Oreilles tendues, les sens aux aguets, je continuai ma progression. Pas une poule ne caquetait et plus d'oiseaux à l'horizon. Pigeonne ne sifflotait plus non plus. Mon premier pas dans le poulailler eut pour conséquence d'arrêter le temps. Tout se déroulait désormais au ralenti. Il faisait un froid glacial alors que le soleil était bien présent dehors. Il régnait une atmosphère lugubre. Les ténèbres s'étaient officiellement emparées des lieux. Je réalisai qu'une bagarre avait eu lieu ici. La paille et le foin étaient éparpillés un peu partout, la vaisselle de poupée était en morceaux sur le sol et les marguerites avaient changé de couleur, elles n'étaient plus d'un blanc immaculé mais rouge, rouge sang ! Dans l'obscurité, je distinguai deux grosses perles fluorescentes qui me fixaient. J'étais terrifiée, tétanisée quand je matérialisai la scène qui se jouait devant moi, j'aperçus un chat.

Un énorme siamois de gouttière. La longue queue de Marcel dépassait du coin de sa gueule, il était couché sur un tas de plumes sales qui rappellent le phoque : pas de doute c'était Pigeonne. J'avais trouvé le lion de notre ferme ! Effectivement, de temps en temps, des poules disparaissaient, on ne s'en était jamais vraiment inquiétés. « Une poule de plus a pris la route pour explorer le monde », disait mon père à travers sa barbe en friche. Je venais de réaliser que « non », elles n'étaient pas parties explorer le monde mais avaient vécu une tout autre fin.

Une colère et une rage meurtrières s'emparèrent de moi. Je me découvris guerrière, j'étais sur le point de livrer mon premier combat, pas de survivant possible ! C'était lui ou moi ! La musique *Honor Him (BO du film Gladiator)* tournait en boucle dans ma tête. Je me saisis d'une pelle et courus en hurlant un cri de guerre qui sortait du tréfond de mes entrailles bousillées. Lui se leva, ses poils se hérissèrent, ses oreilles se plaquèrent en arrière et sa mâchoire s'ouvrit. Je découvris l'intérieur d'un coffre aux trésors d'Halloween. Dans sa cavité buccale, du sang, des os, des poils et des plumes. Lui aussi était prêt à défendre sa vie de toute son âme. D'un geste précis et, avec une force que je ne me connaissais pas, je frappai sur sa tête de félin féroce. Il s'écroula de tout son poids, de tout son long, il était mort sur le coup. Ce chanceux n'avait pas souffert. Mon âme de combattante s'évapora, j'avais des scarabées qui couraient partout dans mes boyaux, je m'effondrais. Maintenant, j'avais peur de me noyer seule dans mes propres larmes.

L'esprit de ce maudit chat avait probablement dû revenir d'entre les morts pour me manger le cœur. Je sentais comme des coups de griffe dans ma poitrine et des morsures douloureuses dans ma chair. Ou alors, peut être était-ce ce que l'on appelle le deuil ? Je ne savais pas, mais ce dont j'étais sûre c'est que j'avais repris cette même pelle pour creuser le tombeau de Marcel et Pigeonne.

Le corps du soldat chat serait leur cercueil. Moi, le corps qui les pleurerait et qui ferait perdurer leur histoire fantastique. Belle leçon de vie !

Profiter de chaque instant, mettre dans des boîtes les envahisseurs croqueurs de temps et d'énergies qu'on appelle communément « des cons ». Être là pour ceux qui nous méritent, pour ceux qui nous rechargent en cotillons colorés chaque jour. Vivre avant le « salut » des artistes, avant que tout ce joyeux spectacle prenne fin.

Voici donc le reste de deux vies, le reste d'un amour absolu, le tout en une même sépulture, dans le jardin de papa et maman au pied du cerisier.

Leur « grotte d'amoureux » pour l'éternité

Pas de « happy end »,
c'était l'histoire de Marcel et Pigeonne.

La Fée des gens

Maligne, magique et mémorable, la Fée des gens fait irruption à n'importe quel moment dans votre petit espace temps. Un lieu, un instant, un gens, une personne, comme sonnée et envoûtée, elle entre dans un monde parallèle similaire à une pièce capitonnée, cotonneuse et douillette. Ainsi, nous portons notre vie sous les bras en chantant et dansant *Singing in the rain* alors qu'il ne pleut pas. On a la sensation persistante de s'affaler sur un fauteuil club en faux cuir de vachette. La chaleur qui plane est égale aux câlins d'une petite vieille, d'une vieille mamie qui immerge nos muscles et remplit nos organes de liquide gélatineux à base de mansuétude et d'humanité, jusqu'à ce qu'ils éclatent les uns après les autres, tels de vulgaires pop-corns. Les préliminaires de la métamorphose sont engagés. On se transforme tranquillement, entourés d'une brume épaisse, relaxante et jouissante, on se laisse porter. À croire que les forces supérieures se font un joint, leur fumée hilarante nous arrive droit dans la face.

Parfois deux individus se rencontrent et, en quelques secondes, il peut se passer un truc métaphysique. Ce que peu d'entre vous savent, c'est qu'après certains contacts avec un être magicien, la poussière de fée commence à faire son effet, nous sommes comme *endorphinés*. Il nous paraît alors évident que notre vie n'a plus la forme vaseuse d'une vaste blague, on se sent béni, en lévitation au dessus du sol. Il y a aussi des effets secondaires en présence de cette insouciante fée, petite *bouleverseuse* d'âme, on devient accro et dépendant. Une boulimie de bonheur s'empare de tout notre être et l'existence se développe en trois dimensions, des choix et des directions différents s'offrent à nous. Toutes les idées, tous les rêves que l'on s'est fabriqués et, qui jusqu'à présent semblaient impossibles deviennent alors réalisables, à portée de nos mains. Chacun observe et admire le monde avec ses propres yeux, ses propres perspectives. Soyez attentifs, regardez autour de vous, regardez les personnes qui font partie de votre univers.

On a tous une ou plusieurs « *Fées des gens* » qui gravitent autour de nous. Il suffit de vouloir les voir.

Elles ne sont pas sur notre chemin par hasard mais pour un objectif bien précis : nous aider à surmonter des épreuves, à réaliser des rêves, à retrouver *ce précieux :* source de toutes nos quêtes. Cette babiole qui prend souvent trop la poussière et que l'on oublie régulièrement sur une étagère : *la confiance en soi.*

Chaque Fée des gens a sa mission, présente pour un court instant, pour plusieurs années ou pour toujours. Elles nous marquent à tout jamais, une fois identifiées prenez en grand soin, c'est un cadeau délicat et un indispensable trésor.

Pour ma part j'ai trouvé les miennes.

On devient chasseur de fées.

La Bouteille

La vie peut être comme une bouteille d'eau minérale.

Si on boit trop vite on s'étouffe.

Si on vit sans mouvement on se noie.

La vie peut aussi être comme un paquet de Crackers.

Dévorons le tout sans ménagement tant que c'est croustillant.

L'échoppe à bisous

Un lieu étrange, un sanctuaire bénéfique que l'échoppe à bisous. Elle pullule d'âmes *zombifiées*, alignées, perfusées à la liqueur de baisers, tourmentées et solitaires à la recherche d'un peu de réconfort. Elles souhaitent retrouver une apparence humaine.

Il y a des bisous pour tous les goûts,

Des bisous sucrés, des bisous salés,

Des bisous iodés, des bisous amers,

Des bisous chaleureux, des bisous qui piquent,

Des bisous interdits, des bisous défendus,

Des bisous passionnés, des bisous secrets.

Mais aussi des bisous...

...sous toutes les formes,

Des bisous en gelée, des bisous glacés,

Des bisous câlins, des bisous tout doux,

Des bisous fourre tout, des bisous guérit tout,

Des bisous pétillants, des bisous collants,

Des bisous mouillés, des bisous volés.

Les plus rares et les plus profonds sont sans hésitation,

Les bisous d'amoureux et les bisous bienheureux.

Mon échoppe à moi est un jardin intime, enfoui en mon cœur qui protège mon secret si délicatement gardé. Chacun de nous a la sienne, ce lieu où l'on se sent si bien et singulier. Il permet à notre esprit de s'envoler, là-haut au-dessus des montagnes et des moelleux nuages. Proches des étoiles désormais, nous, nous perfusons toutes les émotions nécessaires pour nous humaniser.

> Note à moi-même :
> Rappeler à certains, que leur transfusion devient vitale, pouvant ainsi éviter les éventuelles commotions, voire pire, la transformation en monstre cannibale.

Les Cultivateurs de larmes

Futurs briseurs d'êtres, ceux qui par choix jettent leurs contes et merveilles dans une évacuation de mélancolie et de psychose puis tirent la chasse par facilité. Ils se persuadent d'être enveloppés d'idées noires malgré eux, c'est faux ! Chacun a le pouvoir de changer les choses afin qu'il en soit autrement. Un petit nid, ça se construit ! Pour cela, il faut de la volonté, rien d'autre que de la volonté. Malheureusement toutes les excuses sont bonnes lorsqu'elles permettent de se dispenser de faire des efforts. « Eh bien oui ! il faut les comprendre, c'est dur pour eux. Ce n'est pas leur faute si personne ne les aime et s'ils sont si seuls, s'ils ne chérissent aucun mortel assez fort pour subir les vents et marées de la vie quotidienne de M. Dupont. On pourrait se mettre plus souvent à leur place, nous pékins moyens, nous pour qui, tout est si simple ! ». Pourquoi ne veulent-ils pas voir la chance que l'on a d'avoir une vie ? Ce n'est pas pour y mettre fin ! N'ayons pas de crainte, cette chienne de vie finira un de ces jours, lorsque notre heure aura sonné. Quand ce seront les bons chiffres sur la pendule du temps qui passe, sûrement même qu'il fera gris et moche dehors, un temps de chiotte. Ce jour-là, ils auront changé d'avis, ils voudront racheter des heures, des minutes, retrouver de brèves sensations, pouvoir réapparaître un instant avec une « Fée des gens » qui leur fait du bien. Donc pourquoi se presser de remonter notre horloge biomécanique ? Pourquoi n'ouvrent-ils pas les yeux plus grand et n'aperçoivent-ils pas les vivants qui les porteraient à bout de bras jusqu'aux confins de leur propre aventure s'il le fallait ? Alors oui ! On peut dire qu'il existe des exceptions pour ceux qui n'ont pas le choix de par leur maladie et qui souffrent trop sans trouver de solution à leur lente agonie, dans ce cas, ceux qui restent auront la possibilité de faire leur deuil et de cicatriser un jour. Rien n'est sûr ! Si tel est le cas, ce ne sera pas pour de suite, leur trou d'obus poitrinaire se rebouchera à moitié. Ces cultivateurs de larmes, voient-ils qu'ils ne laissent rien d'autre sur cette Terre et infligent à chaque âme qu'ils laissent derrière eux, amertume, angoisse et solitude ? Des êtres avec des trous béants dans leurs poitrines ? Il faut faire attention à ne pas trop les secouer, ces gens-là, car leur cordelette de tripes ressortirait de partout, tout ça à cause d'un désespéré. J'ai eu droit au « cratère des poitrines », moi aussi.

Un de ces paysans est passé dans ma vie et m'a condamnée. J'en suis une parmi des milliers sur cette Terre. C'est le travail des suicidés. Semer le chagrin dans des cratères de chair et de sang, cultiver nos névroses, nos addictions et nos insomnies par la même occasion, la récolte est journalière. C'est un boulot tranquille pour ces agriculteurs d'un autre monde. Tout se fait tout seul, naturellement et simplement, en mode pilotage automatique.

« Mesdames et messieurs, je vous présente la récolte minute des plantes cardio-sanguines de poitrine ! Une invention de leur soin et du nôtre. Comme la clope, sans aucun intérêt, nuisible pour la santé de ceux qui partagent nos vies mais on s'en fout c'est un domaine plein d'avenir et qui rapporte ».

Toi, qui me lis ! Tu ne le sais pas encore mais sache que tu fais partie de ces belles personnes. Tu ne passeras pas du côté de ces agriculteurs ou cultivateurs d'âmes, je n'y crois pas et n'y croirai jamais...

Reste comme tu es, un peu écorché, parfois mutilé, souvent souffrant, il faut juste te rafistoler par-ci, par-là et le tour sera joué. Le jour où tu y croiras, ce jour-là tu auras déjà accompli la moitié du chemin. Tu n'es pas seul. Nous sommes des milliers à résister, à se battre pour ne pas dévaler du côté de ceux qui tiennent les machines car notre volonté est plus forte que tout. On ne baisse jamais les bras, en aucun cas ! À vous ! À nous ! Les résistants ! On serre les poings ! On serre les fesses et les dents !

Combattants(es) à la vie à la mort « pour à la vie » en priorité.

    On continue, on ne s'arrête pas en chemin, on ne se laisse pas glisser non plus. On est là ! On existe ! On le fera savoir d'une manière ou d'une autre, on met un bon coup de tête à la mort et on fait un joli et joyeux « FUCK » à la dépression ! Arme à feu, dose mortelle de médocs ou une corde bien tendue ? Je pourrais te dire sur un ton condescendant : « Mon ami(e) avant tout cela, je te conseillerais un remède miraculeux, une cure expresse de magnésium perfusé avant le trépas de ton foie, de tes poumons ainsi que de ton estomac. Le jour où le croque-mort viendra nous chercher avec notre cabane en bois sur mesure, c'est qu'on aura vécu pleinement, pris tout ce qu'on aura pu prendre et donné tout ce qu'on aura pu donner. On aura réussi à vivre. Je propose qu'on prenne le Temps par la main et que l'on fasse connaissance autour d'une infusion verveine-menthe et si nécessaire en compagnie de Passé, Présent et Futur qui nous sponsorisent et nous chaperonnent, quoi qu'il arrive. Allez c'est parti ! Ouvrons un cahier vierge et commençons l'écriture de notre nouvelle histoire,

                                              « Chapitre 1... »

Chroniques d'un banc public

Comme un morpion dans un slip kangourou qui ne sent pas très bon, on se doute que je suis là, mais on n'y fait pas vraiment attention. Figurant, parfois acteur, dur et de différentes longueurs, en bois, en pierre ou de tout autre matière, je me dis que je suis un prédateur, tapi dans la savane urbaine dans l'attente qu'une proie me tombe dessus. « Ça vous laisse rêveur dit comme ça hein ? Vous me jalousez ? Je vous comprends ! Je veille sur nos petites existences ». J'en vois passer des culs sur mon corps écrasé, des gros, des petits, des vieux et des moins vieux. Certains me font mal avec leurs armatures osseuses, d'autres pèsent une tonne de cellulite et certains déballent des fresques de vergetures violacées. Mes préférés sont les fessiers rebondis et fermes, des minettes en tenue d'été, ils sont moelleux et confortables ceux-là. Et quand ils sentent en plus le gel douche, hum, si je pouvais j'en croquerais des bouts. J'appellerais cela des pauses « grignotage cul ».

Au printemps, les bourgeons éclosent et pas que dans les arbres, sur le visage des prépubères aussi, c'est « la valse des bourgeons ». Il y a aussi les chorégraphies vieillottes mais indémodables dont les danseurs sont les oiseaux, les papillons et les abeilles, « le ballet des bêtes ». À croire que l'on est dans un Disney, sauf que dans les dessins animés personne n'a de boutons, bizarre non ? Les Blanche-Neige sont de sortie avec leurs nains, leurs princes charmants doivent être à la maison à regarder du foot devant leur téléviseur en se grattant les couilles. L'horizon se transforme, c'est beau ! La vie renaît après l'hiver, comme si la nature avait fait une réinitialisation.

Le grand nettoyage de printemps. Je suis là, pour le jeune couple passionné qui me fait partager une de leurs parties collées serrées. Une seule paire de fesses sur moi, la jeune fille à la petite robe mousseline jaune pâle, remontée sur ses hanches est à califourchon sur le jeunot en rut. Les montées de sève n'épargnent personne, même pas les bancs invisibles comme moi. C'est le seul moment où je suis en mouvement, secoué comme un pantin de bois de plus en plus vite, de plus en plus fort. Mister blanc-bec se fait littéralement déchirer sa chemise à rayures, les boutons volent comme des grêlons. Il est une heure du matin et mes pieds sont sur le point de se décoller du sol. Il lui attrape les cheveux, lui tire la tête en arrière, son autre main s'accroche à ses hanches, il tète avec avidité le nichon qui s'est échappé de sa robe. Miss mousseline gémit à n'en plus pouvoir « ho oui ! Oui Barnabé ! ».

« Attendez là, pause une minute ! Sérieux !? Barnabé, le mec s'appelle Barnabé et ça choque personne ? Bon OK... Pfff pauvre gars !».

Il devient fou et a du mal à se contenir. Mister Barnabé n'est plus si ridicule tout à coup, je dirais même qu'il est plutôt costaud le bougre, par contre que ses burnes soient posées directement sur mon bois, c'est un peu moyen, je suis plutôt jus féminin moi, « Hé ! Changez de place s'il vous plaît ! Quel con, c'est vrai personne ne m'entend. » Regardez moi ces deux-là qui se chevauchent comme si leur vie en dépendait. La Miss m'agrippe si fort que j'aurai les mêmes marques de griffe que Mr poils de couilles. C'est l'épopée sauvage. Puis plus rien, plus rien d'autre que des souffles courts, des corps engourdis et paresseux, des bribes silencieuses interrompues par des petits gloussements. Il y a une heure elle n'avait pas la même tête ! Le sexe transforme physiquement les gens. C'est dingue ! Elle arbore une tête d'après baise, ses cheveux ont frisé dans la bataille, son mascara est presque au niveau de son menton, elle ressemble à un panda qui aurait été victime d'électrocution. Un sourire qui ne la quitte plus, un rire de hyène triomphante s'est emparé d'elle. Le cocktail est assez spectaculaire. C'est dommage, elle était pas mal,

fraîche, pétillante, pleine d'assurance et d'audace. Je viens de participer à une folie furieuse, rageuse même je dirai, un mélange de salive, de griffures, de morsures, de mots grossiers, pour qu'ils finissent englués dans leurs foutres. J'ai partout de leurs liqueurs visqueuses et salées, en plus ça sent pas vraiment la rose mais plutôt le jus de viande en décomposition et la sardine. Qu'est-ce que j'aimerais vivre ça ainsi, juste une fois, baiser sauvagement juste pour voir ce que cela fait. Je m'imagine déjà en acrobate du sexe et en croqueur de cul ! Je suis vivant, c'est le printemps.

En été je suis là aussi pour la maman pleine de sagesse qui regarde ses enfants jouer, les yeux débordants d'admiration. Elle a de belles jambes pour avoir eu trois gamins, elles sentent bon la vanille, elles ont l'air douces. Ça donne envie de les caresser tendrement. Les mères courent toutes partout avec leurs poussettes et leurs rejetons potelés, souvent tartinés de terre ou de chocolat. « Mon dieu ! Pourquoi se font-ils tous chier avec des mômes ? Ça me paraît pourtant assez clair, ce ne sont que des ânes ! Les gamins c'est une perte de temps, une perte de vie, à mon avis ! La seule chance qu'ils ont, ces minots, c'est de pouvoir courir après leurs jolies mamans, enfin pour ceux qui ont la chance d'avoir une maman pleine de charme ». Que j'aime aussi l'été ! Ce sont les amours de vacances, les premiers baisers tout mouillés, timides et innocents. Assis sur mon dossier, leurs pieds entrecroisés sur mon assise, les ados et leurs bécotages en mode « cool ta vie prends un biscuit ! ». Souvenirs de vacances, c'est la saison de toutes les aventures, surtout des plus belles et les plus chaleureuses.

En automne, les agents d'entretien soufflent avec leur machine infernale, sans crier gare, comme si je n'existais pas, les feuilles orangées aux teintes de ce vivace automne. Le ciel est coléreux, annonciateur de changement, il y a aussi les joggeurs amateurs qui trichent et font des pauses défendues, affolés et transpirant d'efforts. Comme ce pauvre mec qui tente péniblement de retrouver de l'oxygène. C'est inquiétant ! Il change maintenant de couleur ! Du rose au rouge il passe à présent au violet. « Punaise le gars est au bout de sa vie ! Respire garçon, je ne suis pas brancardier ! ». Souvent après quelques minutes, les tricheurs de course se relèvent et finissent en marchant, nonchalants, comme s'ils n'avaient pas cuvé leur cuite de la veille. Pouvoir se vanter que l'on « court » ! C'est merveilleux, c'est un bonus considérable pour celui qui entretient son image-externe. Rendez-vous compte à quel point ça fait bien sur un profil Facebook ou pour draguer les nanas. « … Ouais alors moi dans la vie en plus du boulot et des sorties, je COURS ! » « La classe à Dallas » comme on dit, petit instant de gloire. Mais moi, je sais, je reste spectateur et confident silencieux de tout ce qui se vit autour de moi.

Une couche blanche s'est déposée partout. Le froid est arrivé, l'hiver est là. Les arbres pleurent des glaçons. Le cœur des gens est en hibernation, ils sont aigris et la plupart vivent leur dépression hivernale. C'est le temps des fêtes de famille, la saison des miracles et de l'espoir. Pour ceux qui sont entourés, qui ont un toit au-dessus de leur tête. Je pense à ce monsieur qui vient d'arriver dans un état léthargique, il s'est assis, j'ai l'impression que je lui apporte un certain réconfort. Il grelotte de tout son être, de tous ses membres, de tous ses os. Des passants vadrouillent, le monde est toujours en mouvement. Le monsieur aux cartons s'est allongé, sa respiration s'accélère. Il est en position fœtale. Je voudrais le réchauffer mais je ne peux pas. Les larmes qui coulent de ses yeux meurtris me touchent. Comment cela peut il arriver ?

Des coups de tambour résonnent. Un métronome régulier, qui ralentit peu à peu, me berce. C'est son cœur. Il ne claque plus des dents, ses pleurs ont disparu, son corps devient égal au mien, raide, dur et inerte. Les heures passent, les rôdeurs de nuit aussi. Ils continuent leur chemin. Le monsieur aux cartons est devenu moi, un banc invisible mais bel et bien présent ! Personne ne le voit, personne ne l'a entendu non plus. Au milieu de cette savane urbaine, la vie suit son court. La boucle est bouclée. Les saisons recommencent. Je suis toujours là, spectateur des bons et mauvais moments.

Une pensée à tous les individus bancs et une pensée à tous les citoyens qui le deviennent.

De la capricieuse au volcan

Les nerfs me bouffent, ils me lâchent même ! Je sens une vague qui ne cesse de monter de mes pieds jusqu'à ma cavité crânienne. Une boule de magma, formée au creux de mon ventre, qui traduit un mauvais moment, une parole incomprise ou mal interprétée. *« Il y a toujours un – quelqu'un - dans l'histoire. Cela ne vient jamais de moi, ce sont les autres qui me traquent »*. Je suis réincarnée en volcan, incontrôlable et imprévisible, la lave que je crache est en réalité des bouts de ma vie, des morceaux de ma maison ou des biens d'autrui, que je fais voler comme une nuée d'oiseaux par ma fenêtre. Un hurlement de bête sauvage sort du tréfonds de mes tripes. Je suis maintenant en position « de la planche vibrante », je pourrais jurer que le sol tremble. Mes bras se raidissent tout le long de mon corps, mes poings se ferment et deviennent aussi indestructibles que deux pierres volcaniques, mes yeux prennent des teintes rouges, orangées et leurs vaisseaux explosent les uns après les autres, ma voix se transforme, j'ai mué dans les graves, comme la fillette dans l'Exorciste.

Plus rien ne me fait peur ! Oui, je me fous de tout ce qui m'entoure et de tout ce qui peut exister ! Le feu qui m'anime n'épargne, rien ni personne sur mon passage.

Une vraie arme destructrice prête à tout casser. Je suis dans une bulle, dans *ma* bulle, je crie mais j'ai l'impression que personne ne m'écoute ou que personne ne me comprend. Plus rien ne va ! Plus rien ne tourne rond ! C'est un caprice, *mon* caprice ! Je suis comme ça !

Une capricieuse qui se transforme en volcan.

Note à moi-même :

Prendre sur moi quand je reçois un colis de chez Zara et qu'un pantalon ne me va pas.

Prendre sur moi quand je suis trop crevée pour faire à manger après une grosse journée et que le traiteur est fermé.

Arrêter d'être une femme prépubère de trente-deux ans.

Penser à relativiser et à devenir adulte, à devenir une grande, voire à devenir simplement une femme ordinaire.

La Rue des Clémentines

Je suis ni ton tout, ni ton rien. Je ne suis pas grand chose. Ni insignifiante, ni indispensable, je suis présente sans être là. Je ne suis pas une épine dans ton nez, ni le bout de barbe à papa collé entre tes dents. Je ne suis pas le boulet qui se traîne à ton pied. Je ne suis pas la chèvre de ton pré. Je ne suis pas la frange qui te cache la vue, je ne suis pas les frissons qui galopent sur ta peau nue. Je ne suis pas non plus le vers qui te dévore l'intestin, ni le bonheur qui te chatouille les reins et je suis encore moins le garrot sur ton artère ouverte. Je suis même pas coupable de tes plus beaux fous rires, tu n'es pas non plus la victime de mes charmes sous mes plus beaux atours.

Je suis plutôt le silence, provoqué par une blague douteuse, sortie de ta bouche au milieu d'une assemblée. Inutile, telle une bouée qu'on te jette en pleine neige. Je représente ce moment attachant et drôle dont l'utilité peut être remise en cause et qui pourtant garde son charme, bien qu'il ne serve pas forcément à grand chose. Je reste engluée dans un coin de ta tête. Une pièce d'or de plus dans un veston étranger ou familier. Physiquement, je suis la fille qui marche les pieds de travers comme un canard blessé. Je suis, à mon fidèle désespoir, la fermière citadine bien trop grande pour passer inaperçue. Je suis l'ange tendre de tes nuits d'argent, l'amante délicate atteinte d'hypersensibilité compulsive. Il m'arrive quelque fois de changer de forme pour devenir la catin sauvage de tes nuits grises, la putain de tes fantasmes les plus sombres, l'actrice de tes désirs honteux et inavoués. Je demeure une version moderne de ce que pourrait être une sirène succube qui envoûte un temps donné. Une fois les minutes frénétiques écoulées, je redeviens le fantôme de la rue, maladroite et douteuse. Je suis la fille de la rue des Clémentines qui perpétuellement se dandine, trafiquant mes doigts sans fin, me mordant la lèvre en boucle en priant pour qu'elle ait le pouvoir de me faire disparaître. Je joue continuellement avec les trésors de mes poches pour me gonfler de réconfort et de courage. Dans mes songes, je n'ai pas une simple âme de garçonne, je gouverne avec aplomb un gigantesque royaume, telle une grande et noble reine. Quand il le faut, je crache et fais pipi debout, comme un soldat vaillant, fort, plein d'assurance et d'audace arrogante.

Mes pensées s'évaporent et je redeviens l'Angoisse, humanisée aux grands yeux vert clair et à la peau ordinairement laiteuse. Je ne suis ni belle, ni moche, je suis la Gavroche aux petits seins, la fille sans nom de tes matins au corps froid mais à l'être chaud.

Ruinant tes journées, je suis aussi l'insupportable fée qui te subtilise la raison. Tu ne trouves pas où me ranger, tu as pourtant pensé à tout, à la cuisine, au salon, au balcon, à la chambre ou au paillasson. Le grenier reste également une option et tu ne me ressortirais que pour les grandes occasions, mais rien ne se concrétise. Ni toi, ni moi ne me trouvons une place, ni dans le jour, ni dans la nuit, ni seule, ni accompagnée.

Je cherche encore l'étagère qui me fera me sentir bien et, si possible, avec un vase sympa qui me rendra belle, moins invisible, en face d'un joli tableau qui nous fera rêver et voyager. Une vision parfaite nous transportera très haut et à mille lieues d'ici, sans mettre un pied dehors. Êtres intoxiqués de couleurs et de joie, nous serions enivrés d'un virus passionnel sans peur, ni appréhension à l'horizon.

Tu serais plein de surprises, chacune d'elles rendraient ma pompe à sang ventrue au point de la faire s'envoler, ainsi que ma tête d'alouette. Je me découvrirais en ta proximité. Je renaîtrais sous une forme évasée, avec mes phrases entortillées, mon corps linéaire, mes envies biscornues, mon nez tordu, mes orgasmes rarement reconnus, mon cœur de verre et ma mélancolie de pierre. Toi le vase, Moi la garçonne, nous vivrions sous le signe de l'addiction. Dépendants de la démesure sous toutes ses formes, l'intensité des frictions de nos corps ferait pousser -des fleurs de peau-, semblables à des pivoines sur nos bras et dans nos cous. Notre conte deviendrait - fleur de salon - aux odeurs de pain d'épice et de clémentine. Nous régnerions de cette façon jusqu'à la prochaine fleuraison.

« Viens, prends ma main mon amour Vaseux, que l'on s'aime et que l'on existe ! Je te suivrais où tu iras y compris sur un buffet ou sur un vaisselier... »

Ma chienne qui fume

Ma chienne fume c'est certain ! Ma théorie ? C'est qu'elle doit fumer quand on est absent. Je ne vois pas d'autres explications à ses troubles du comportement si prononcés. Comme un manchot empereur, elle a une démarche sur balancier, passe ses journées à dormir et à ronfler. Elle nous lèche constamment les pieds et bave sur mes jambes, ce qui a le don de me dégoûter. On dirait qu'elle porte un pyjama trop grand avec les manches retroussées. Ma chienne, c'est un corps de cochon, une tête de chien et des oreilles de lapin bélier. J'ai choisi cette race et elle en particulier, car elle a deux cœurs noirs dessinés. Un sur son flanc et un sur son dos. Pour moi, c'était un signe et c'est aussi le même chien que Columbo. Il résout des énigmes et arrête des méchants, il a une voiture de collection…donc ce chien doit être propre ! Quand l'inspecteur marche, il le suit volontiers mais sait rester à l'attendre, assis sagement. « Chéri, j'ai trouvé le chien parfait ! Une vie nouvelle nous attend ! La famille va s'agrandir ! Réalises-tu, que tu as là une femme formidable ? Qui va te construire une vie encore meilleure ? ». Imaginez mon désarroi quand je suis tombée sur d'énormes guirlandes gluantes sur les poignées de mes meubles de cuisine. J'ai alors compris que Columbo était un personnage fictif d'une série télé vieille de plusieurs siècles et que de ce fait, il n'a pas dû beaucoup s'occuper du chien. Mon analyse posée et mûrement réfléchie ; chuter du haut d'une falaise pour s'exploser cinquante mètres plus bas. Ses yeux tombants, à moitié ouverts, sont injectés de sang et de mille et une anomalies (anomalies bactériennes comprises). Ses yeux de misère pleurent souvent, mais jamais autant que les miens, lorsque j'y pense. Elle c'est pour de faux ! Ils coulent seuls, tout au long de la journée. On pourrait même dire que ma chienne bave des yeux et de la gueule. Je l'avoue chaque jour, j'ai des larmes, grosses comme celles des crocodiles que l'on voit dans les documentaires à la télé. J'appelle ces instants quotidiens « ma vidange de chien ».

On se sent seul au monde mais à plusieurs.

Faut dire que c'est mon premier chien ! Je découvre qu'il faut être fort pour survivre à une bête pareille ! Quand le soleil se lève la lutte commence, certains diront que ça nous garde en vie. Je dirais plutôt que c'est un programme militaire pour les feignants. Savez-vous qu'il existe des chiens qui ne sortent pas seuls dans le jardin ? Je vous le jure ! Il y en a qui s'assoient et aboient quand on ouvre la porte du jardin après avoir fait un pas dehors. Un aboiement de chien de chasse, qui n'en finit pas pour être sûr que l'on comprenne bien la situation, du genre « Hé ! Femme ! Je m'ennuie à mort dehors ! Allez ! Lève ton cul de paresseuse ! Je dors quinze heures par jour alors quand je veux sortir, tu joues avec moi, s'il te plaît ! Et avec un peu de chance, tu marcheras sur une des merdes que tu auras oublié de ramasser, on va bien se marrer ». La mienne fait partie de ces chiens là. Elle peut hurler des heures durant, pendant que moi, je suis dans un coin de ma chambre, recroquevillée sur le sol à m'arracher les ongles avec les dents, à taper ma tête contre le mur. Je ne m'arrête pas avant de ne penser à rien d'autre qu'à mon mal de crâne, et jusqu'à ce que je n'arrive plus à réfléchir. Encore en pyjama, la maison c'est Beyrouth, et « Youpi » c'est l'heure de l'école. J'ai déjà essayé de l'amener à pied avec moi sur le trajet de l'école, les gens le font avec leurs molosses, même les grands-mères avec leurs bestiales miniatures frisées, ma chienne n'est rien de tout ça, mais pourquoi ne pas tenter le coup ? Cinq cents mètres à faire ! Un matin, je me décide. Le départ se passe bien, les lutins étaient sur leur trente et un. Ils affichaient un sourire qui aurait pu concurrencer ceux des anges, j'étais fière et heureuse... Son collier et sa laisse étaient assortis à mes fringues, je me sentais comme au Festival de Cannes, mais dans un tout petit village, sans célébrité, ni photographe. D'une démarche assurée, nous parcourons très vite deux cents mètres. Je ne me doutais pas que c'était le début du trajet des enfers. Ma chienne a dû sentir mon bien-être et elle a compris que ça allait à l'encontre de sa mission divine, qui est de « me pourrir la vie ». À cet instant, elle se marche sur une de ses oreilles qui traîne et, trébuche générant une avalanche de peau qui déferle vers l'avant, pour finalement passer au-dessus de sa tête. Impact fulgurant d'un chien contre le bitume, puis plus rien ! Elle ne s'est pas relevée, elle est restée là. Je ne savais plus quoi penser, cette position devait lui plaire. Elle a dû se dire : « bon, j'suis pas si mal là, ma face au chaud entre les poils de mon ventre et l'asphalte ». J'ai tout fait comme si j'étais un soldat au front qui voulait sauver un frère d'armes, j'ai baissé les bras au bout de dix minutes. La seule solution que j'ai trouvée, a été de la tirer, comme un boulet très lourd, que l'on traîne sur du goudron. Couchée de tout son long et de tout son poids, elle ne donnait toujours aucun signe de vie. La sueur commençait à perler sur mon front, le chemin était difficile et interminable. Ma voie intérieure jacassait : « Tes enfants te regardent lâche rien ! Il faut qu'ils soient fiers de toi ». Je n'en peux plus. Je ne suis que transpiration, ma chair pue l'effort et le renfermé, mes lunettes ne sont plus utilisables tant elles sont envahies de buée, je lâche l'affaire ! On est à trois cent cinquante mètres, je regarde ma montre. Choc émotionnel, on est parti depuis quarante cinq minutes ! L'école est fermée à coup sûr ! Plan B ! Je l'attache à un poteau devant le garage auto. On court, on appelle la maîtresse et on s'excuse. Demi-tour pour moi, j'ai déposé les enfants, il est dix heures et ils ressortent à onze heures trente. Ma chienne est toujours à la même place, toujours dans la même position. Vidée et à contre cœur, je la ramène chez moi. Abandonner un chien sur le bord de la route ça ne se fait pas, pourtant ce n'est vraiment pas l'envie qui m'en manque. Arrivée à destination, il est onze heures vingt, je suis dans les temps mais il ne faut pas lambiner sinon je serai encore à la bourre pour la sortie des lutins. Midi, mon mec rentre et me balance un « ça va ? Tu as fait quoi avec ton visage ? Vu la maison tu n'as pas fait grand chose ce matin ! ». « Ben non, la chienne s'est ennuyée ». Quand, enfin j'arrive à faire manger les enfants sur leur petite table, telle une petite famille parfaite, la chienne débarque comme un bulldozer avec ses pattes d'ours de quinze centimètres de haut, pleines de plis et monte sur la table. Sa tête, qui est faite de quatre vingt dix pour cent de peau flasque, dévore la première assiette devant elle, sans oublier la bave qui englobe le tout, ensuite les petits crient ou pleurent et parfois ils font les deux. À cet instant, l'image de la famille parfaite s'écroule comme un château de cartes et ma vidange de chien reprend et s'écoule. Ça recommence ! Elle mange mes pompes, les jouets des enfants, mes culottes sales, le coin de mes meubles et la litière des chats. Parfois, au réveil d'un lendemain de soirée bien arrosée, je découvre qu'elle a déjà dévoré les talons de mes escarpins, pissé dans mon salon et vidé la poubelle qu'elle a soigneusement éparpillée dans chacune des pièces. « Comment fait-elle tout ça en si peu de temps ? Je ne viens pas juste de me coucher ? ». Le meilleur moyen de surmonter ses lubies est de respirer un bon coup et retourner au lit, finir notre nuit pour tenir la distance. Oh, j'ai déjà pensé mille fois à lui trouver une famille qui pourra la supporter mieux que moi et l'aimer. Terminé les histoires de grillage, passer en dessous, au-dessus, et être recouverte de terre et de mousse pour récupérer notre chienne qui veut explorer tout ce qu'elle peut comme si le monde était à elle. Fini qu'elle nous snobe en ignorant effrontément nos appels. Au cours de dressage, tous les samedis ! Effacés les moments de honte et de solitude, au milieu des bergers allemands, des bulls terriers et des americans staff. Évanouis les discours de mon fils : « Tu as vu maman ? Tiziana et Emmanuelle, elles ont eu un vrai chien ! ». J'ai fait l'annonce plusieurs fois, avant de cliquer sur valider, je repense aux instants d'accalmie. Lorsqu'on la laisse chez des amis pour quelques heures, elle pleure parce qu'on est partis sans elle, on s'assoit par terre et elle monte sur nos jambes pour des câlins pleins de tendresse. À l'époque où je suis restée deux ou trois jours aux toilettes à gerber mes tripes, elle est restée devant la porte à gratter parce qu'elle s'inquiétait, quand mes loulous jouent parfois dehors, elle se couche et les regarde débordante d'affection. Quand quelqu'un de suspect s'approche de nous, de la maison ou de nos chats, elle grogne de tout son être comme une maman qui protège ses petits. Pour finir je ne clique jamais sur valider, pour faire quoi ? Pour lui trouver une famille qui l'aime ? Elle en a déjà une ! Aujourd'hui, en plus des bêtises quotidiennes, elle a mangé un cahier entier de gommettes. J'ai mis vingt minutes à lui enlever tout ce qui était collé dans sa gueule et au fond de sa gorge gluante et baveuse.

À toi notre chienne bizarrement foutue, gonflée d'amour mais aussi de vices, on refera tous les jours la guerre des Roses si nécessaire. Je l'accepte aujourd'hui, avec toute mon affection, Ta maîtresse.

...On t'aime, d'amour du vrai...

Sorcellerie capillaire

C'est triste ! Ce n'est pas drôle ! Passage obligé ? Je les coupe ? Ne les coupe pas ? Un conflit intérieur sans fin qui va continuer même lorsque le massacre sera fini ! Ai-je eu raison de les couper ? Ai-je eu tort ? Aurais-je peut-être dû ne pas les couper ? Ou d'une autre manière ? Tant de questions m'interpellent et ne cessent de tirailler mon esprit avant, après, tout le temps ! Sans cesse indécise et perplexe quant à mes choix ! Eh oui je suis une femme ! Et couper mes cheveux c'est aussi douloureux que si on me coupait les doigts de pied à la place de leurs ongles !

Elle arrive…elle approche…La grande magicienne aux ciseaux, avec son sourire et ses belles paroles du genre : « Oh comme vous êtes belle…je sens qu'une p'tite couleur avec une nouvelle coupe vous irait bien ! » Je me dis à ce moment qu'elle a tout intérêt à me dire que je suis belle, vu les cent balles que je vais lui laisser ! En tout cas, elle n'a pas oublié ses instruments de torture ! « Vous êtes sûre cette fois madame ? De toute façon ils sont bien trop abîmés, il faudrait les rafraîchir de dix bons centimètres ». Pourquoi nous pose-t-on toujours cette question ? Comme si le choix était possible. À croire qu'elles sont payées aux cheveux qui tombent. C'est la maladie des sorcières coiffeuses !

Elles te brossent dans le sens du cuir chevelu pour mieux te tondre. La malicieuse a coupé la première mèche, je n'arrive pas à retrouver mon souffle, une pastèque est coincée dans ma poitrine, je pourrais cracher des avions en papier, ça ne lui ferait pas cesser son manège et donc ma lente agonie n'est pas finie. Elles tournent en rond avec leurs balais autour de mon trône à roulettes, j'ai l'impression d'être dans une comédie musicale. J'assiste, impuissante et avec une attention toute particulière à ma métamorphose. Je suis arrivée passable et angoissée, elle va me rendre hideuse et effrayée, pendant ce qu'elle appelle « les temps de pause », pour que je finisse coiffée comme une star de cinéma. Je ne serai pas contente du résultat, et cerise sur le gâteau je vais jouer le plus gros moment d'hypocrisie de la vie d'une femme. Elle va m'apporter un miroir, fière de son travail, et c'est là que je vais lui afficher mon plus beau sourire, aussi pour éviter de pleurer à chaudes larmes et lui sortir un pauvre « Oui ! Merci c'est super ça me plaît vraiment beaucoup ! ». Ça me coûte une brique d'or pur et je lui laisse un pourboire en prime, car elles sont serviables, agréables et attentionnées.

Sur le trajet qui me ramène chez moi, je râle, jure, je pousse le vice jusqu'à me cacher la tête sous une capuche ou sous un chapeau que j'aurai préalablement mis dans mon sac. Arrivée à destination, j'affronte le regard de mon mec qui a autant de pression que moi. Il sait que chacun de ses mots sera pesé, emballé et étiqueté. Pour lui ça équivaut à devoir choisir entre sauter dans le vide ou se pendre dans la salle de bain. Deux solutions s'offrent à lui : la première, il me dit que je suis belle et je lui demande s'il ne se fout pas de ma gueule, « non mais regarde ma tronche ! Tu te moques de moi ou c'est l'amour qui te rends naze et aveugle ?! ». Seconde solution, il joue la carte de la franchise avec douceur, du genre « oui c'était mieux avant mais tu sais ce ne sont que des cheveux ! Ils repousseront très vite ». Alors là, ce qui l'attend est un cataclysme ! La capricieuse que je suis se transforme en volcan prêt à exploser « Punaise ! Tu aurais pu me dire un truc gentil ! C'était une décision dramatique à prendre ! Je ne voulais pas les couper mais j'y étais *obligée !* » Sans évidemment oublier la phrase qui fait toute la différence, histoire de mettre fin à son exécution : « je ne sais même pas pourquoi je t'ai demandé ton avis ! ».

On ne leur en veut jamais bien longtemps à ces demoiselles, car en règle générale ce sont de gentilles sorcières. De plus, on y retourne toujours pour recréer à chacune de nos visites le même sketch. Lorsqu'on y pense deux secondes, ce ne sont pas elles qui font du mauvais travail et ce n'est pas notre entourage qui ne trouve pas les mots justes. C'est nous qui n'aimons pas le changement. Plus cela nous touche et plus cela nous paraît difficile à accepter. Je vous laisse donc le soin d'imaginer quand la mutation se réalise sur le haut de votre propre crâne. Une simple transfiguration, une petite variation suffit pour que la crainte s'installe. Il n'en faut pas plus pour être déstabilisées dans nos petites vies confortables, et je ne parle pas que de transformations capillaires, mais également de beaucoup d'autres domaines. L'inconnu nous affole comme des gazelles au milieu de la savane africaine.

À partir d'aujourd'hui je n'aurai plus peur de rien ni de personne, mais dans un doute mesurable, je ne toucherai plus à ma crinière. Je la laisse pousser jusqu'à ce qu'elle soit rêche et abîmée au point que chacun de mes crins tombe tout seul.

Note à moi-même :
Ne plus avoir peur de rien !
Penser aussi à m'excuser auprès de mon homme même si nous savons tous deux que dans peu de temps il aura l'impression d'avoir déjà vécu cette scène. J'espère juste qu'il ne saura plus ni quand ni comment ça s'est déroulé la première fois.

Je suis une vraie guerrière ménagère qui ne ressent pas la peur. Je peux me faire arracher toutes les dents, me faire opérer de l'appendicite sans anesthésie, veiller sur mon fils trois nuits entières pendant sa varicelle sans dormir, ni manger et affronter avec force tous les tracas que comportent une famille mais j'ai des troubles du comportement et des hantises quand il s'agit de la sorcellerie capillaire et des visites chez le druide gynécologique, personne n'est parfait.

Soupirons-nous ?

Tous, ils avaient connu des années perdues, quelque peu déchues.

Ils se délectaient de la singulière quiétude de l'instant présent qui était une évidence pour eux. *Les soupireux* agonisaient chaque jour un peu plus. Malgré tout et le temps aidant, ils arrivèrent à grappiller d'exquises petites grappes de bonheur bien cachées par-ci, par-là.

Il y a des jours avec, d'autres *sans* ; sans espoir, sans courage, sans volonté et sans envies, mis à part le désir d'être ensemble. Aujourd'hui, j'ai envie de venir chez toi, comme tous les jours, mais là c'est différent. Le trop plein d'amour me bouffe le foie, jai besoin d'évacuer, j'arrive! J'arrive, je jette toutes tes chemises par la fenêtre, après les avoir préalablement découpées en te hurlant dessus, des mots grossiers que je ne pense pas. Mon intestin se met en boule et remonte le long de ma gorge, je m'arrête, tu es là, stoïque, impassible, imperturbable. Que tu sois à bout de souffle ou à bout de bras, tu portes notre peine pendant mes jours sans, comme je le fais pour les tiens. Je saute à ton cou, ta force tranquille prend possession de moi un instant. Je veux rester là, au creux de toi, c'est le seul endroit où le monde ne m'atteint pas. Mon corps et mes orbites ne peuvent plus fabriquer de larmes. C'est l'heure de retourner au lieu-dit que je prénomme « chez moi ». Torture lancinante, ensevelie sous les tracas et les obligations, on se fait doucement grignoter vivant par notre quotidien, un peu plus chaque jour. On s'aperçoit de loin, nous, amants interdits, soupirants, soupireux, les morsures de nos vies sont maintenant indolores, on ne ressent plus rien, écrasé, brouillé et bousillé. On s'accroche à tout ce qui nous paraît viable, on se frôle du bout des doigts. Ta présence est suffisante pour sauver mon âme torturée, je ne me rends pas compte que ma chair ne suit plus. Mes bras sont tombés à trop me bagarrer. Un amour trop grand pour ma cage thoracique, m'a fait vomir mes entrailles par la bouche et par le nez, je suffoque, je n'arrive toujours pas à fermer les yeux sur toi pour renaître.

« Tu es aussi infernal qu'un caillou dans une chaussure mais également aussi adorable que l'image d'un bébé chat ou d'un bébé canard ! Je t'aime fort, tu sais ? Je suis consciente que tu n'aimes pas entendre ces mots, peu importe, moi c'est moi et toi t'es (tais) toi ! »

« Fais-moi l'amour et juste l'amour ! Tu sais ce que l'on dit, l'argent ne fait pas le bonheur, surtout pour des gens perpétuellement fauchés comme nous le sommes, donc cela ne sert à rien de s'échiner à travailler, contente-toi de me faire l'amour et juste l'amour ! »

> Note à moi-même :
> Le plus grand des amours,
> c'est celui qui n'est ni vécu, ni
> consommé pleinement.

À nos clandestins de cœur qui vivent dans l'ombre.

L'homme Coquelicot mégalo

(suite de L'homme aux yeux marguerite)

Nous, pauvres plantes végétales que nous sommes,

Membranement liées en un unique plan,

Sous les rayons de son attention,

Sous la chaleur de notre addiction commune.

Soumis à ses mirettes lunaires joliment fleuries,

On pousse, on se déploie en une même entité.

Ancrés avec ferveur dans un jardin d'accoutumance.

Dans l'élément de base à la vie « la Terre »,

Je l'aime, Je l'aime lui et pas un autre.

Il me touche, Il me touche l'être, l'esprit et la tête.

À mille lieues d'un amour troubadour à tapage,

J'éclos et je prends vie entre ses doigts de roseaux volages.

Ma sève coule et bouillonne sous ma peau polissonne.

Son âme d'homme Marguerite m'emprisonne,

Mon essence d'homme Coquelicot mégalo le passionne,

On s'use et on se consume à tous les vents.

À cheval sur les saisons, s'aimer sans condition.

Semer chaque jour,

Aux gré des alizés,

Notre bonheur sexué,

Pas de bouture autour de nous

Mais une extase sans censure,

Qui fièrement consommée fait de nous des êtres Fées.

Sommes-nous deux fous ?

Oui, je le crois !

« Des Fous », Dites-le-moi à vive voix

Madame, monsieur, dites-moi ?

Tous les gens bien ne le sont-ils pas ?

La Machine à attraper les cœurs

Elle est comme la machine à coups de foudre, sauf qu'elle n'électrocute pas les cœurs, elle les attrape. Des dents de guimauve pour pas faire de mal, montées sur des mâchoires de requin blanc. Ces intelligents mécanismes sont en forme de pièges à loups, miniaturisés, ils traînent dans chacune de nos poches au milieu de nos petits cailloux et de nos pièces de monnaie. On perçoit un regard, un certain mouvement de tête, une odeur qui nous émeut ou tout autre signe et on sait que c'est l'approche d'un ange ! Notre peau devient de la chair de volaille et les engrenages se mettent en marche. Le monde est en suspension désormais plus rien n'a d'importance, sauf nous. Les maxillaires de notre morceau d'automate s'actionnent et semblables à une fleur carnivore qui sortirait de terre, ils se déploient. Grandissent et grandissent encore et encore au fur et à mesure que son immense gueule de lion des mers s'ouvre sur cet être enchanteur, à coups de dentition molle et de façon fantomatique, elle pénètre le cuir poitrinaire et gobe le trésor tant convoité.

Pendant le transfert, un génome est néanmoins imprenable, il reste dans la cavité pour permettre la repousse d'un nouveau *moteur-cœur*. *C*'est un moment délicat mais à quatre vingt dix pour cent sans danger, c'est de la *bouture-organique*. Tout s'est déroulé en un instant, le temps d'un coup de tonnerre ou le temps d'un baiser volé, la Terre est une fois de plus en mouvement. Personne ne s'est aperçu de rien, pourtant c'est mémorable le passage d'un ange !

La pompe à sang dans notre poche se transforme en bonbon, on le fait fondre désarmé sous notre langue, nous en laissant apprécier les arômes, les odeurs et les sensations que cela nous procure. Même si on se sent plus vivant que jamais il est impossible de savoir à l'avance combien de temps il restera là à fondre. Ce qui est sûr c'est que nous en devenons dépendants.

> Note à moi-même :
> Penser à huiler ma machine à attraper les cœurs.

Mes Nuits blanches

Mes nuits blanches sont des amies fidèles, accompagnées de muses classées par une lettre de l'alphabet que je leur ai octroyée. Elles ont toutes apposé leurs empreintes. Les plus marquantes sont celles que je peux vous compter : Mr A, Mr G, Mr B, Mr F, Mr J, Mr S, Mr T. Chacune d'entre nous devrait avoir plusieurs lettres dans son carnet, c'est comme ça que l'on savoure les plus exceptionnelles ! Une lettre cache un moment exquis dans un petit écrin. Je suis du genre passionné, à basculer dans différents bras, je crois au merveilleux. Je tombe réellement et fréquemment amoureuse de tout, ça peut être d'une de mes lettres, une phrase, une odeur ou simplement un détail. J'adore avec vigueur et je souffre régulièrement avec ferveur. Constamment tiraillée par ces bourrasques de sentiments contradictoires, je suis dépendante des émotions dans toutes leurs nuances et des sensations qu'elles me procurent.

Mr G est un fantasme ! Je dois d'ailleurs reconnaître qu'il l'est encore un peu aujourd'hui. Une attirance ni partagée, ni réciproque, avouons le. Je le croisais souvent, le collège et le lycée étaient au même endroit. Il portait des jeans Levis, une veste en daim marron et des Dr Martens avec les perles sur le bout des chaussures au niveau des lacets. Les filles, et surtout mes copines, se retournaient toujours sur son passage, lui, s'arrêtait pour me dire « Bonjour ! » et me faire la bise. Uniquement à moi et devant toutes ses groupies ! Le secret ? C'était qu'il était un ami proche de mon père, impossible pour moi de faire cette confession à quiconque. Le matin, le passage de Mr G était ma petite minute de gloire, il en a jamais rien su, mais peut-être lira-t-il ces quelques lignes un jour ? Un jour, il a voulu m'apprendre à conduire, il voulait que les démarrages en côte n'aient plus de secret pour moi. Après plusieurs tentatives laborieuses et concrètement inutiles, il s'est rendu à l'évidence : c'était peine perdue, Mr G m'a laissée conduire sur les deux kilomètres du retour. Sa voiture ronronnait comme une vieille machine à laver, prête à exploser, arrivés à destination, des voyants de toutes les couleurs se sont allumés sur l'ensemble du tableau de bord. « Mince ! Même la *G-mobile* sentait que j'avais des montées hormonales quand il était près de moi ? ». À ce moment là, il m'a regardée et m'a offert son plus beau sourire, puis a ajouté « Tu as roulé avec le frein à main, mais ne t'inquiète surtout pas ! Ok ? Ça peut arriver à tout le monde ! Ce n'est rien ! ». Sachant que quelques années plus tard j'ai dû passer mon permis cinq fois, cette parenthèse n'était qu'un signe avant-coureur de mes capacités douteuses au volant. Aujourd'hui, je le croise pendant mes vacances chez mes parents, c'est un peu le loup blanc, on le voit quand on ne s'y attend pas ! Il est rare et ses apparitions sont fugaces mais mémorables, Mr G, toujours rassurant et adorable, a fait sa vie, a eu un enfant et très sincèrement j'en suis très heureuse.

Mr B est la découverte, les premières caresses, les premiers « Je t'aime », les premiers frissons. Il m'a ouvert une des nombreuses passerelles qui aident à pénétrer dans une vie de femme. Mon corps d'adolescente bancale s'évaporait sous sa peau aux couleurs de chocolat blanc et ses cheveux noirs ébène, son bon mètre quatre-vingts me permettait de me sentir protégée, ses yeux sombres me faisaient chavirer. On s'est rencontrés dans une boîte de nuit. Je lui ai dit « Bonsoir, excuse-moi ! Tu aurais du feu s'il te plaît ? ». J'avais quinze ans presque seize et on avait encore le droit de fumer dans les lieux publics. C'était la belle époque ! Lui, faisait beaucoup plus que son âge, avec son look très BCBG. Il m'a regardée, il a allumé ma cigarette sans même répondre. La pensée qui traversa mon esprit à cet instant fut : « Non mais quel connard celui là ! Si tu crois te débarrasser de moi pauvre idiot! Eh bien, tu te trompes joyeusement !».

Sûrement par esprit de contradiction, j'ai insisté « ça va ? Tu passes une bonne soirée ? Tu es avec tes potes ? Tu es dans quel lycée ? Tu vis où ?». J'ai fait le vrai boulet...Il me dévisageait d'un air surpris jusqu'au moment où j'ai constaté qu'il savait parler, on a discuté tout le reste de la soirée avant d'aller prendre l'air dehors. Il marchait devant moi, d'un pas assuré avec les mains dans les poches de son pantalon cintré, il s'est rapproché de moi, son regard ne me quittait pas. Il se rapprochait, de plus en plus près, je sentais son souffle sur mes lèvres, mon visage entre ses mains, il m'a embrassée. D'abord timidement, puis tendrement. De petites caresses mouillées sur nos visages nous ont sortis de notre bulle. Après quelques secondes, nos yeux se sont enfin rouverts et on s'est rendu compte qu'il neigeait, un véritable baiser hollywoodien nous avait laissés suspendus dans le temps. À l'accoutumée, le romantisme me donne des boutons et de l'urticaire mais à cet instant j'ai eu le vertige. Cet immortel baiser reste imprimé dans les tissus abîmés de mon cerveau. Les mois se sont écoulés et, la peur que nous avions de cet inconnu nommé : *sexe*, laissait place à une audace qui ne nous ressemblait pas. Nous décidâmes d'aller chez ses parents, je suis entrée dans sa chambre et bien qu'une odeur de tabac froid embaumât celle-ci, l'atmosphère était chaleureuse. Il avait allumé une bougie en cire d'abeille qui avait une odeur bien étrange de renfermé, elle était posée sur son bureau à côté du lit. Notre jeunesse et notre inconscience pouvaient s'exprimer à présent et laisser place à notre amour naissant. C'était hésitant et maladroit mais voilà notre première fois pour lui, pour moi et les premières fois ne s'oublient pas !

Mr F était un bassiste brillant, un musicien, un joueur de Fender Stratocaster doué. Lui aussi un grand, brun, aux yeux corbeau, à croire que j'ai fait une présélection, un casting mental ! Nonchalant à un point tel que parfois cela en devenait agaçant. Également rêveur et pendu aux nuages de son jeune âge, il était émerveillé de tout, des plus simples choses comme des plus compliquées, ça le rendait terriblement sexy. La bonne humeur dont il faisait preuve était aussi contagieuse que les microbes de la crève en plein hiver ! Je garde de lui d'aventureuses virées nocturnes, il a disparu de ma vie aussi vite qu'il est venu. De métier, il était cuisinier et quand en plein service un grand fracas se faisait entendre, c'est qu'il avait perdu connaissance et nous savions tous que Mr F s'était coupé le doigt. Oui, ce cuisinier particulier tournait de l'œil à la vue de la moindre goutte de sang, surtout quand c'était le sien. À mes yeux, il demeure, un petit enchanteur qui contait des parodies précieuses en musique, un elfe vivifiant doté de magie blanche. À toi Mr F perché dans ton monde féerique et nuageux, je t'embrasse.

Mr J lui était un drôle de bonhomme, un nounours au cœur tendre. Attentionné et désireux de faire plaisir. Une carrure de rugbyman, un cœur de bonne maman. Autant d'envies et d'appétit qu'un voyou qui sortirait de vingt ans de taule. Son bras droit était balafré d'une longue et large cicatrice, une deuxième identique sur sa nuque. J'imaginais qu'il avait pris part à un combat de rue avec arme blanche, des morceaux en moins, oui ! Mais il était sorti vainqueur bien évidemment de ce duel qui aurait pu lui coûter la vie. Un homme bionique, constitué de plaques et de vis, au cou qui grinçait chaque fois qu'il tournait la tête. Ses mains me soulevaient avec tant de facilité que c'était déconcertant, un surprenant mélange en un seul homme. On s'était vus dans la maison de ses grands-parents qui était inhabitée, passé le seuil, on était plongé dans les années cinquante, meubles en formica, canapé en cuir, carrelage à motifs et environ deux cents bibelots juste dans la salle à manger sur le gros vaisselier en bois massif. On a discuté et ri aussi pendant deux bonnes heures avant qu'il ne me fasse visiter. Il y avait une chambre jaune poussin, une autre violette et une dernière à la tapisserie fleurie marron avec des canevas aux murs. Il m'a dit « tu préfères laquelle ? ». Je n'ai pas eu une seconde d'hésitation, les fleurs étaient pour moi. Étrangement, je me sentais bien et cette décoration inattendue ne me dérangea pas outre mesure. Ce fut une belle nuit comme on les aime, y compris quand sa playlist passa, La Reine des neiges. Les soupirs de notre étreinte, se transformèrent en éclats de rires bienveillants. On a fini la soirée sur son balcon à partager nos dernières cigarettes. C'était drôle de voir cette montagne avec mes clopes de catin bourgeoise, des Vogue menthe, une belle image que j'aime à me remémorer. Mr J, un drôle de bonhomme qui mérite bien tout le bonheur du monde.

Mr S, pour une fanatique de tracteurs comme moi qui ne pouvait décemment pas résister à un bel agriculteur au corps de dieu grec, imprégné d'une odeur de vache : Son parfum de terre après une journée de dur labeur, me rendait complètement dingue. J'aimais cette odeur ! Bizarre, n'est-ce pas ? Pas pour moi ! Il avait la manie de passer sa langue sur ses dents cela m'attirait et me déconcentrait systématiquement. Je comptais le nombre de fois qu'il le faisait à chacun de nos rendez vous, c'est resté un rituel pour moi et pour lui encore aujourd'hui. Mr S est le seul mec à avoir une pile d'un mètre de haut de magazines, *La France agricole* dans ses toilettes, il a soixante cinq chaussettes kaki, cent cinquante chemises à carreaux et des tee-shirts qu'il portait quand il était âgé de dix-sept ans. À cette période, j'avais une Peugeot 206 cabriolet, quelque fois on partait en exploration avec un panier pique-nique composé de Desperados, de bonbons et de pop-corn. On pouvait discuter cinq heures d'affilée sans que rien ne dérape, l'envie était là, mais nous avions tous deux le contrôle, on se voyait aussi les après-midi quand nos plannings le permettaient. Des excursions, en tracteur pour labourer les champs (et que les champs !), des missions randonnées pour la vérification des clôtures à l'attention de ses filles, les vaches à lait ! C'était comme si on se connaissait depuis toujours, une belle complicité qui m'a aidée à évoluer, moins de névroses, d'addictions et d'angoisses. Il m'a appris la patience et m'a fait découvrir que la stabilité n'était pas une fin en soi. Quand je repense à lui, ce qui me revient en premier c'est quand il me portait sur son dos pour m'amener à l'étage, dans la chambre de la luxure. Arrivés sur le lit, il me regardait avec un sourire de gamin heureux dont lui seul avait le secret. L'expression : « ...de la chair et de la sueur... » résumait bien nos soirées. La transpiration sur ses bras bien dessinés, lui allait à merveille, il me parlait souvent pendant nos torrides échanges, sa voix suave, empreinte de désir fiévreux nous donnait une envie commune, recommencer ! Mr S, avait des jours où c'était un sale gosse et officiellement un sale con mais je n'arrivais jamais à lui en vouloir car la majorité du temps c'était *ma Fée des gens*. Alors oui, ton humeur change aussi vite que la météo, ça fait partie de toi, tu resteras toujours un ami cher à mon cœur, même si les plaisirs charnels autre fois partagés ne seront plus renouvelés. Ne t'éloigne pas trop Mr S, ne demeure pas hors de portée, j'en serais malheureuse.

Mr T a fait les Beaux Arts, c'était un artiste, un photographe, un peintre, un dessinateur, un écrivain, un homme aux multiples facettes talentueuses, il est déstabilisant, dans le bon sens. Constamment une roulée au coin de la bouche, il a une attitude nonchalante, zen et décontractée. Inoubliable, unique un mec qui me transperçait l'âme en long, en large et en travers. Un véritable Serge Gainsbourg, qui était là à me dévorer du regard, sa voix dans les graves m'apaisait et me berçait, il me surplombait de vingt bons cm, je me sentais bien, blottie tout contre lui. Je lui parlais, il me répondait souvent avec un hochement de tête qui me faisait sourire. Il fronçait les sourcils quand il était concentré, il s'endormait en deux secondes quand je lui massais les pieds, il ronflait quand il dormait et j'adorais ça. Des nuits durant nous poursuivions notre mission qui était de se découvrir encore et encore, en nage, en manque d'oxygène jusqu'à tomber d'épuisement mais heureux. On partageait nos insomnies, nos joies, nos tristesses, nos délires. Mr T, source d'inspiration qui me suit et qui m'encourage quoi qu'il arrive, tu es là pour moi mais je le suis aussi pour toi. Je te souhaite toutes les bonnes choses qu'il est possible d'avoir, y compris l'âme sœur, je reste persuadée qu'elle existe ...

Mr A, une barbe bien taillée, les cheveux courts sur les côtés et plus longs dessus, rabattus sur l'arrière, le tout poivre et sel, de beaux yeux bleus qui hypnotisent, un torse carré et bien bâti, son arme secrète, c'est son humour. Ses tatouages s'accordent aux miens et épousent toutes les courbes de son dos ainsi que son épaule et son bras musclé. Mr A, c'est le feu et la glace, il peut être froid, distant et autoritaire autant que torride, brûlant, un maniaque du contrôle bienveillant. Toujours prêt à foncer tête baissée dans toutes les batailles qui lui semblent justes et honorables surtout quand il s'agit de moi ou de notre famille. Car oui c'est lui l'Élu ! Nous nous sommes mariés deux fois, nous avons deux beaux enfants, deux chats et une chienne. C'est mon ami le plus précieux et un amant désirable et insatiable. Un papa poule comme il y en a peu. Un jour, il m'a dit cette phrase de Daniel Balavoine « Ma femme, c'est dur de vivre avec mais c'est d'autant plus dur de vivre sans ». Désolée que ce soit si pénible pour toi, quelque fois, de me survivre, d'où tes innombrables cheveux blancs, mais tu portes à merveille les aléas du quotidien, le grisonnant te va si bien. Mr A, aime l'action, peu importe la nature de celle-ci, c'est un homme de terrain. Je n'en dirai que l'essentiel, car si je me laisse aller, cela me prendra toutes les pages de ce livre. Ce que je peux dire, c'est que pendant treize ans tu as transformé mon ordinaire en extraordinaire et que pour cette raison tu resteras mon unique Mr A.

De temps à autre on me voit sourire seule, dans mon coin,

ou même pendant une tâche ménagère ennuyeuse à mourir, sachez que ces nuits blanches me reviennent, sous forme de flashs, de souvenirs, de certains détails qui m'ont marquée et parfois même de parfums qui se matérialisent. C'est bon de vous garder dans les poches de mes jeans et de vous ressortir pour vous croquer à nouveau même si cela ne reste que dans ma sphère imaginaire.

Merci à vous toutes, mes muses, qui faites partie aujourd'hui de mes songes. Merci à celles qui font partie de mon quotidien dans le monde réel. Merci à celles qui ne sont pas citées mais qui sont bel et bien présentes.

Ma poésie, ma fantaisie, mes audaces, mon enthousiasme, mon inspiration tout cela c'est vous toutes qui me l'avez donné. Mes Déesses alphabétiques vous m'avez offert un peu de vous pour construire un peu de moi.

Vous, mes grignotages de nuits, mes gourmandises nocturnes, messieurs vous m'aurez tous, sans exception, posé la même question, « comment fais-tu pour perdre autant de cheveux et en avoir encore autant sur la tête ? ». À vous les délicieuses, muses de mes Nuits blanches, toutes de A à Z, vous qui avez écrasé mon âme et mon cœur pour en extraire ce qu'il y avait de meilleur.

Merci.

La Colonie

La colonie, c'est une communauté monumentale constituée de nous, « les *Capucin-gourgantéus* ». Nous ne sommes ni trop petits, ni trop grands. Installés dans les villes, les campagnes et les forêts, nous colonisons la Terre entière et ravageons la planète dans sa globalité. Tous, vivons sous forme de nichée dans des cabanons.

Définition de nichée : Ensemble de petits animaux de la même couvée encore au nid, sous la protection de la mère, du père ou parfois des deux. Ce sont aussi des groupes d'êtres vivants rattachés par des liens du sang unis en un même lieu, voire dans des lieux différents si le lien est fort.

Tous les individus sont chargés du bon fonctionnement de la vie de leur cabane. Comme dans une équipe de foot, chacun a une fonction bien précise et une place qui lui est propre. Notre mission est de s'occuper de la construction de la dite « cabane » et d'apporter les matériaux nécessaires à la survie de notre foyer. Notre devoir consiste aussi à entretenir régulièrement celui-ci. Le dépoussiérage quotidien ne se fait pas que pour la maisonnée, également sur les cordes de cœur qui nous lient les uns aux autres telle une même unité, pour créer un roc impénétrable.

La colonie, c'est notre peuple, les nichées sont nos familles et nos cabanes sont nos maisons. Notre fonctionnement demeure complexe voire biscornu, et quelques habitants subissent des dysfonctionnements de la part d'eux mêmes ou des autres. Nous restons rattachés telle une seule nation capable des plus belles choses comme des pires attristées.

Nous sommes les *Capucin-gourgantéus.*

My memories

Il m'est arrivé pas mal d'aventures improbables, comme si j'étais sous l'emprise d'un mauvais sort, d un ensorcellement vaudou ou si j'avais tout simplement la guigne accrochée à moi comme une tique sur le cul d'un chien. J'en ai choisi quatre, à cette période nous vivions alors sur l'île aux fleurs, notre belle Martinique.

Nous avions un ventilateur mural sans grille protectrice accroché dans le salon. En passant devant, un peu trop près, j'ai eu un choc en entendant un bruit sourd accompagné d'une douleur sur le haut de la tête. L'horreur m'a submergée quand j'ai réalisé qu'une bonne partie de ma tignasse frisée s'était enroulée jusqu'à la racine aux pales de celui-ci. Après avoir sorti un cri de surprise aigu et strident, je me suis immobilisée trente secondes pour réfléchir et analyser la situation. Alors OK, je suis seule avec un enfant de trois ans et demi, accrochée à un ventilateur et le téléphone fixe se trouve à environ un mètre. Des solutions s'imbriquent dans mon cerveau.

Étape 1, attraper le téléphone et appeler quelqu'un qui pourra venir m'aider : je tends donc le bras le plus loin possible, j'ai mis tout mon corps en avant et ma tête tirée en arrière ne se décroche pas de l'engin infernal. J'ai la sensation que mes cheveux vont s'arracher tels des scratchs sur des baskets. Je n'arrive à rien, mes doigts frôlent le combiné, je ne peux rien faire. J'appelle mon fils pour qu'il me le donne mais pour y parvenir, il doit se mettre debout sur le buffet. Vu que nous sommes des parents intelligents et réfléchis, le téléphone est en hauteur, hors de portée de l'enfant, on ne sait jamais, « si il s'en servait ! » À aucun moment nous n'avons envisagé le scénario, « si il devait s'en servir ! ». Je vous dirai que l'on a poussé le vice jusqu'à mettre une petite étagère au-dessus du bahut, histoire qu'il ne puisse pas l'atteindre avant ses dix huit ans. Je lui explique avec des mimes, le parcours qu'il doit prendre pour arriver jusqu'au téléphone, j'ai l'impression d'être dans un jeu télévisé. Il me regarde choqué, il ne capte pas un seul mot de mon mode d'emploi pourtant si clair. Il ne regarde que mes cheveux, je sens les prémices de la crise d'hystérie qui commencent à arriver. Je me dis à cet instant précis que les enfants c'est le cadeau le plus précieux que l'on puisse avoir dans une vie, néanmoins quelque fois ils ne sont pas futés. Ma pensée s'achève et je suis toujours accrochée au mur de mon salon, probablement entrain de choquer mon enfant à vie car il ne bouge pas et me fixe toujours. Je crie, je chante, je mime à nouveau, je joue même la carte des imitations des bruits d'animaux, rien ne marche. Je sens les larmes monter, la veine sur mon front se gonfler, je ne peux pas me voir mais je sais que je dois être entre le rouge et le violet. Mes jambes flageolent, je ne peux pas m'asseoir puisque ma chevelure est accrochée à plus d'un mètre cinquante du sol. Je pers espoir, je vais mourir là, devant mon petit garçon. Je pense déjà à des dieux dignes d'une maman aimante dont l'existence aura fini entre les pales d'un ventilateur mural. Sans réfléchir, je lui parle, « Maman avait juste besoin du téléphone mon amour pour appeler papa, tu sais mon cœur, c'est pas ta faute, tu es encore tellement petit, mon bébé c'est normal que tu ne comprennes pas tout. Maman est là pour te protéger trésor, j'ai juste pas fait attention à ce put*** de ventilateur de merd*** ». Il me regarde avec un regard qui ferait fondre toutes les mamans du monde puis, il se tourne et part en courant. « Bon génial il est parti jouer ». Quelques secondes s'écoulent et je le vois revenir en traînant une chaise aussi lourde que lui, il pousse de toutes ses petites forces. Mon dieu ! mon mini pousse est un héros ! Pourvu qu'il ne fasse pas tous ces efforts pour allumer la télé ! Il cale la chaise contre le buffet, escalade chacun d'eux et avec une facilité hallucinante, me tend le combiné. Là, c'est moi qui le toise sidérée par ce que je viens de voir. Je prends conscience qu'il a compris tout ce que je lui ai dit, je me demande qui est le moins futé des deux à présent. J'ai crié, chanté, mimé, j'ai fait la vache, le cochon et l'âne avant même de lui parler. Il saute dans mes bras, je suis fière de lui et très émue, finalement je ne vais pas mourir aujourd'hui et je pourrai le voir grandir.

La minute d'émotion se passe, je passe à l'étape 2, appeler mon homme : Je compose le numéro encore toute tremblante. Il répond, je suis soulagée d'entendre sa voix, je lui fais un résumé de la situation qui tient en une seule phrase « Viens, vite à la maison c'est urgent, j'ai les cheveux pris dans le ventilateur qui est sur le mur du salon ! ». Il me fait répéter quatre fois ma phrase avant de comprendre ce qui est entrain de se passer.

Étape 3, ma délivrance : les minutes qui précèdent son arrivée sont interminables, j'entends la porte d'entrée s'ouvrir. Une fois dans le salon, il lui a fallu quelques secondes pour que son cerveau mette en images la scène de mon incident domestique et une paire de plus pour qu'il se décide à me délivrer mèche après mèche. Mon calvaire fini, je pleure des torrents de larmes, je suis remplie d'amour et de reconnaissance, mon homme me serre dans ses bras avant de repartir à sa journée de boulot comme si de rien n'était. Mon fils, lui, est imperturbable devant les dessins animés de La Maison de Mickey et pour ma part j'ai fini ma vidange de ventilateur avant d'aller faire le point sur le reste de ma crinière, je ne vous cache pas que le bilan est dramatique mais tout est bien qui finit bien.

Un soir, j'ai perdu une de mes dents de devant et mes claquettes. Nous avions une connaissance qui faisait partie de l'Association des tortues luth de Martinique. À une certaine période de l'année, elles viennent pondre la nuit sur les plages martiniquaises, dans ce cas-là, Domi nous envoyait un message pour que l'on vienne assister au spectacle. Une de ces nuits, on réveille Evan vers une heure du matin et nous filons à la plage, il fait noir, on entend juste le bruit des vagues, la température est environ de trente degrés et mon chéri est parti en éclaireur pour nous éviter des détours inutiles. Soudain, je vois une silhouette au loin qui me fait de grands signes, n'oublions pas que pour le bien être de ces grosses tortues, il ne faut faire aucun bruit, donc on a choisi de se faire des signaux de bras dans une pénombre totale et sans lumière, normal ! Je m'avance et là tout s'accélère, je trébuche, je tombe, ma claquette se casse et mes lunettes sont pleines de sable, c'est donc quasiment aveugle que je tente de hurler un murmure, « Mikael, Mikaaaaaaaaaa !!! ». C'est quand même difficile de faire entendre un chuchotement à un interlocuteur qui est à plusieurs mètres de vous. Je m'en tête à produire mes mini appels quand, je perds une dent de devant ! Un heure du matin sur une plage de Martinique on cherche la plus grosse des tortues de mer du monde, on vit un moment unique et moi je perds une dent, oui, oui, comme ça sans raison, pouf, ma dent à pivot se déchausse et se retrouve à se balader dans ma bouche. Mon fils assis sur le sable regarde la scène. Me voilà donc partie, le petit sous le bras, mon pivot dans la main et mes lunettes dans la poche, je rejoins Mikael et Domi tant bien que mal. Ils sont tous les deux tranquillement assis non loin de la pondeuse, ils me découvrent pleine de sable avec un trou dans la gencive, je les rassure en leur expliquant que je ne me suis pas fait agresser, j'ai juste fait une chute dans le sable. En même temps, je me rends compte que dans la précipitation j'ai oublié mes claquettes, elles sont donc perdues pour la France. Plusieurs heures se passent, Evan continue sa nuit sur le sable, bercé par le bruit des vagues, à côté d'une tortue de mer géante. Nous rentrons à la maison des images plein la tête, une dent dans la main et sans mes claquettes, bref je suis tombée dans le sable.

Une autre fois, par une journée ensoleillée, nous avions programmé une après-midi plage, j'avais prévu de mettre une mini jupe en jean, une que l'on m'avait offerte mais qui était tellement courte que je n'aurais pu la mettre que pour une occasion comme celle-ci. Nos affaires étaient prêtes et chargées, mon cher monsieur étant parti à la boulangerie chercher le pique-nique, je l'attendais dans la voiture et j'observais un homme assis sur un muret qui se balançait dangereusement. J'ai fait comme si je ne le voyais pas, après tout, cela ne se fait pas d'observer quelqu'un de la sorte. Ce qui devait arriver, arriva, le vieux monsieur tomba et se fracassa la tête. Ne le voyant pas se relever et aussi parce qu'Evan répétait en boucle « Regarde maman le monsieur est mort, le monsieur est mort !», je décidai quand même d'aller voir, le vieil homme du muret, je le trouva immobile sur le bitume, conscient mais l'arcade ouverte avec une bonne partie du visage recouvert de sang, de plus il était très alcoolisé. Ne voulant pas me baisser parce que j'avais un peu peur, mais aussi parce que je ne voulais pas qu'on voie ma culotte, je le poussai avec le pied doucement en lui disant « Monsieur ça va ? Vous pouvez bouger ? Monsieur... » Il ne me répondait toujours pas malgré tout ses yeux étaient alertes et mobiles. Au même moment un garçon d'environ dix ans que je connaissais passa par là, je lui demandai s'il avait un téléphone portable car je n'avais pas le mien, nous avons donc appelé les pompiers. Pendant ce temps, je continua mon monologue tout en le poussant du bout du pied, « ça va monsieur ? Vous ne voulez pas que je vous lève ? Vous êtes sur ? Bon OK comme vous voulez... » N'ayant pas de retour verbal ou gestuel de sa part, j'ai imaginé qu'il préférait rester couché là. Mon chéri était de retour accompagné de nos sandwichs, au moment où les secours arrivèrent. « Il en a mis du temps, lui pour trouver des jambon beurre ! » Je lui expliquai que le monsieur avait chuté violemment mais qu'il ne me répondait pas donc que je ne l'avais pas relevé. Un peu embarrassé, il m'informa que ce curieux personnage était connu du village de pêcheurs où nous habitions et de plus qu'il était sourd et muet. Une fois les esprits apaisés, et parcourant le trajet de la plage, on s'imaginait ce que devait se dire ce vieux monsieur quand il me voyait lui parler, « espèce de connasse tu peux pas me lever et fermer ta gueule ! » Je suis peut être pas faite pour les situations de crise ou les urgences mais je fais mon maximum pour être à la hauteur. Cependant ce qui est sûr, c'est que j'aurais sûrement été plus efficace pour ce bonhomme si ce jour là, j'avais porté un pantalon !

Faut que je vous raconte une seconde histoire de cheveux, je sais, j'aurais pu trouver autre chose mais je suis sûre que ce qui m'est arrivé, vous ne l'avez jamais entendu nulle part. J'étais sur ma terrasse, j'étendais mon linge, je ne demandais rien à personne, et arrivée de je ne sais où une tourterelle à pleine vitesse arriva derrière moi pour passer à deux centimètres de ma figure. La petite voix dans ma tête me disait, « Toi tu as eu du bol, un peu plus et tu te la prenais en pleine face ». Mon mini moi cérébral n'a pas eu le temps de finir cette remarque pertinente, qu'une seconde tourterelle arriva plus vite encore que la première et passa si près qu'une de ses pattes s'emmêla dans ma chevelure. Ma crinière droite comme des I, emportée par l'attraction de la bête a eu pour effet de stopper net sa course. Elle s'est mise à me piquer, à me griffer, je criais des choses inaudibles et d'autres pas très catholiques . Les piétons qui passaient dans ma rue, s'arrêtaient pour regarder le sketch qui était en train de se jouer. Certaines bonnes âmes, me proposaient leur aide, et en hurlant, j'arrivais à crier entre deux injures, « non merci, je vais bien ». Au bout d'un moment cette pauvre créature a réussi à se défaire de ce paquet de nœuds pour repartir aussi vite qu'elle était arrivée. Après un état des lieux de mon crâne, j'ai été lacérée sur tout le cuir chevelu. Que du bonheur, à moi les shampoings de lotion antiseptique aux odeurs d'hôpitaux et les crèmes cicatrisantes pour garder les cheveux gras et sales tout au long de la journée. Les plaies aussi petites soient elles, m'ont piquée et brûlée plusieurs jours, rien de bien grave, au moins pour une fois le lutin n'était pas là.

Note :

« *Pourquoi tu vis et tu respires si paisiblement ? Pourquoi, le temps d'un battement d'aile de chauve souris, tu arrives à faire disparaître, des personnes tout entières ? Pourquoi tu n'as pas mal ? Pourquoi tu ne souffres pas ? Pourquoi c'est moi qui suis le sac de sang ? À toi, Vampire de cœur qui as fracturé, mes os, mon cœur et mon âme. Comme tous les êtres vampires tu as aspiré le sang de ta proie, moi en l'occurrence, sans en laisser une seule goutte, histoire de te nourrir pour reprendre des forces. Tu m'as brisée en milliers de petits morceaux pour ton goûter, l'amputation de mon cadavre achevée, tu as pris la fuite en courant comme un voleur avec mon insouciance sous le bras. Laissée pour morte, la putréfaction a commencé à attaquer mes organes de même que ton imbécillité, si contagieuse.*

Aux vampires de cœur, du 30 juin des rues de Metz, revenez à la vie, je vous prie, sous les rayons chauds du soleil, arrêtez le massacre. Nous victimes des vampires de l'amour, faisons déborder les fosses communes de nos dépouilles en surnombre.

Moi, proie d'un maître vampire, je ne deviendrai jamais prédatrice de l'amour car j'ai vu de si près notre noble reine, Blessure, que je connais désormais la couleur de ses yeux ainsi que le parfum de sa peau. Je suis rescapée, boiteuse et un peu bossue par ton poids si lourd. Je renais aujourd'hui au milieu de tout ce que j'ai semé, au creux de ma serre surchauffée. Anciennement dévorée dans de la cellule 110, je cicatrise chaque jour, soutenue par de précieuses lumières qui me réapprennent à respirer sans douleur avec la plus belle des magies, la leur. »

Ensemble, on est une équipe de foot, une fratrie soudée face à l'adversité.

Ensemble, on sort vainqueur de tous les matchs.

Ensemble, nous sommes en Ligue 1.

Ensemble, l'impossible n'est pas permis, l'impossible est possible.

Ensemble, les projets, les rêves, les joies et les peines sont quotidiens.

Ensemble, l'aventure est belle.

Ensemble, nous sommes le visible et l'invisible.

Ensemble, nous sommes une famille !

Certains défauts ne peuvent-ils pas être des qualités ? Certaines qualités, parfois mal perçues, ne peuvent-elles pas être des défauts ? La perfection est-elle réellement souhaitée et appréciée ? L'imperfection n'est-elle pas plus belle ? Moins ennuyeuse, plus audacieuse de par ses divers aspects ?... je demeurerai donc « l'imparfaite ! »

...C'est vrai que nous sommes barrés, tordus, maladroits et pas mal bancals.... Toi tu penches du côté gauche, moi, du côté droit. Pour autant nos défectuosités forment un équilibre parfait.

- Je t'embrasse mille fois ou une fois mille ans !?

- Rien qu'une fois toute ma vie me suffit !

J'ai envie uniquement de toi. J'ai envie de toi sous toutes tes différentes coutures. Tu me colles à la peau comme un adhésif de super glu, tu m'aides à cicatriser chaque jour...

Moi ... je t'aime ... bien ...

... Tu dois sourire mais je sais que ton cœur est dans ta gorge... Tout comme moi-même, malgré chaque instant est un morceau de bonheur ...

Tes bras absents me brûlent. Je vis le manque, je me rends compte de ma dépendance à ton égard qui décuple mes envies dévastatrices ainsi que mes besoins d'overdose.

Je t'aime pour de vrai, comme les grandes personnes qui s'aiment fort. Mon rôle est de te servir de l'amour en cornet et du bonheur en soda. Je m'échinerai en coulisse pour bannir de ta vie : les chips de malheurs et les douloureuses cacahuètes. Détends-toi, je suis là, je veille au repas.

« Vous êtes un éternel insatisfait cher monsieur mais votre lente agonie sera payante par un nombre excessif et démesuré de vos coups de reins, à tel point que vos hanches tomberont avec fracas sur vos chevilles ».

Ma reconversion :

Je veux changer de vie, changer de taf, pour cela il me faut penser à une reconversion.

Liste des possibilités :

- *Promener des chiens, comme César Milan.*
- *Élever des animaux : j'adore les bêtes cela dans tous les domaines !*
- *Élever des écureuils pour des numéros de cirque(s) ou pour des animations. Pourquoi personne n'élève des écureuils ?*
- *Élever des escargots, c'est beau les escargots.*
- *Élever des poneys pour aveugles, oui cela existe !*
- *Bibliothécaire, c'est classe ! Ce qui me plairait le plus ce serait d'écrire des livres. Malheureusement, du talent je n'en ai pas, je suis aussi douée en orthographe qu'un phoque qui devrait faire de la course à pied, de plus cela ne paye pas les facteurs.*
- *Vendeuse d'olives, j'aime les olives.*
- *Travailler au resto de mon père, Chez Pap's, je mangerais tout au long de la journée, en cuisine, je serais un boulet encombrant et pour le service je n'ai pas une tête assez grosse pour y ranger toutes les commandes.*

... Bon voilà... ce sera l'option 6...Les joies de la fille...

« Messieurs et monsieur, offre promotionnelle boucanière !

5€ la récréation buccale au lieu de 30€ l'heure de cajolerie ! »

* Règle de sécurité: une minute et trente secondes maximum le petit soin, pour éviter d'envoyer valdinguer mes tristes dents déracinées.

Note Parentale :

Conseils parentaux :

Mon père m'a toujours dit « Ma fille le jour où tu es plus grande que moi tu prends une gifle ! » Pour emmerder le monde je fais exactement sa taille !

- *Papa ! J'ai trente deux ans, bientôt trente trois, regarde moi, j'ai pris un coup de vieux, non ?*
- *Ma fille plus on vieilli et moins on paraît jeune !*

Pap's

Plus jeune, je faisais toujours semblant de tousser et de me sentir mal pour avoir le sirop à la fraise que ma maman me donnait. Excédée, elle me raconta que si je prenais des médicaments sans raison valable, mon cerveau allait fondre petit à petit pour ressortir par mes oreilles. Je ne l'ai pas écoutée et j'ai continué. Peu de temps après, j'ai de l'eau qui a coulé de chacune d'elles. J'ai eu la peur de ma vie en réalisant que c'était la première étape de l'extraction de ma cervelle. Par la suite, on me posa des trucs bizarres appelés « diabolos ». Je les ai imaginés comme dans les épisodes de « Il était une fois la vie » avec le vieux barbu qui vivait dans le corps des gens. Des petits soldats diablotins s'installaient dans mes oreilles internes pour éviter aux gros sacs de se faire la malle. Aujourd'hui j'ai grandi et j'ai flétri aussi, mais j'attends, j'attends que la migraine s'installe, que la rage de dents s'accentue, que les maux de ventre atteignent mes reins pour prendre les petites pilules qui font guérir.

Comprenez bien que je ne voudrais pas endommager un peu plus mon cerveau déjà bien abîmé.

- *Allô, maman ça va ?*

- *Super et toi ma chérie ?*

- *Très bien, papa est avec toi ?*

- *Oui, enfin il dort... Il dort depuis un moment déjà maintenant que j'y pense, peut- être qu'il est mort !*

- *Tu ne veux pas aller voir ? Histoire que l'on soit fixées puis je serai plus rassurée s'il va bien.*

- *Ha non ! S'il dort et que je le réveille il va m'engueuler, et s'il est mort j'aurai peur parce que pour le moment je suis seule donc je préfère attendre de voir s'il se réveille ou pas !... Tu fais quoi à manger ce soir ma chérie ?*

Marie

Lettre à vous, Roi de pique,

La douceur de mon bonjour en cette douce journée, à peine effleurée soit-elle me fait penser que, de penser vous laisser me consommer avec l'ensemble de vos capacités a pour magie de me faire pousser des fleurs de pensées toutes colorées dans mes cheveux broussailleux et frisés. Vous, qui êtes si loin de mes yeux, mais perpétuellement dans mes pensées, les plus lumineuses comme les plus obscures, sachez, sans en douter, que mes désirs acidulés me dévorent de l'intérieur, à l'abord de vos faveurs qui sont collées à mes pages.

Mon cher Roi, je vous en supplie, piquez de plus près, mon cœur *tréflé* qui me laisse sur le carreau, continuellement agonisante et vomissante d'un trop plein de plaisirs et de délices charnels que mon corps ne peut contenir de par leur grandeur. Notre arrogante désinvolture ne m'autorise pas à traîner des pieds, tant la distance que vous avez préalablement prévu de me faire courir est longue, (l'équivalent de Mars à Saturne).

Roi sage le jour et capitaine d'un majestueux navire la nuit, j'accepte à bras le corps votre personne, aussi bien vos dons, que vos addictions. Vos drogues dures qui sont, l'élixir d'adrénaline et la poudre de contrôle que vous aimez exercer sur vos sujets et vos matelots, vous seront livrées en temps et en heure.

Il est ardu de nous cerner, il est d'autant plus compliqué de faire tomber le masque de mime qui cache votre véritable visage. J'en entrevois l'aspect à de rares occasions, je suis infiniment honorée d'en être privilégiée. Malgré vous, cela reste épineux de s'épanouir auprès d'un homme camouflé et déguisé dans l'espoir de paraître indestructible face aux peuples et au monde. Aucune insolence de ma part n'est jointe aux mots qui vont suivre ... Je vous rappelle que je ne suis pas *le peuple* ni *le reste du monde*. Cependant, soyez certain que ma soif de dévêtir votre façade modulable qui règne devant votre majestueuse tête, demeure à ce jour sans trêve possible.

Vous, ma noble majesté, je vous vois, fier, fort et valeureux, à la barre de votre vaisseau, réplique du bateau du Capitaine James Crochet, écumant les mers de nuages, attendant les pluies de météores et les tornades d'étoiles mortes, épaulé par des fidèles qui vous admirent et qui vous suivent.

Le temps que vous me le permettrez, je mènerai ma croisade de front sans faiblir, en quête de votre bonheur le plus pur et le plus sincère. J'aime me rappeler comme ma carcasse dépouillée de tout atour vestimentaire, prend vie sous vos doigts de maître. Toute matière que je suis, suante, gémissante, suffocante et jouissante, habite en moi une dépendance physique et morale inattendue. Toutefois dans la perspective où, vous me délogeriez de vos rangs, pour me changer de classe ou si vous étiez désireux de m'affranchir de votre vie, mon cœur est lucide, mon corps et mon âme en seraient balafrés de toutes parts. (Résultat de toutes les bagarres et des aventures vécues à vos côtés qui se sont produites ou se produiront.) Néanmoins aucune hésitation à sortir de votre existence ne sera saisissable, menton au ciel et arborant une démarche assurée, bien que le poids de mon armure puisse être lourd à porter.

J'ai *cartographié* sur un parchemin, au recto et au verso, votre figure masquée et démasquée, histoire de ne pas oublier vos traits, et l'ai glissée dans mon soutien-gorge (aussi minime soit-il) pour l'interminable trajet qui me conduirait éventuellement jusqu'à vous. Je vais me donner l'espoir et le souhait de m'étreindre de quelques milliers de kilomètres pour voir à quoi ressemble le *bout de mon souffle*. Quand j'aurais découvert celui-ci, le goût qu'il a et les vertiges qu'il procure, cela signera mon arrivée au pied de votre trône.

À cet instant, je vous saurais gré d'urgemment m'opérer à poumons découverts afin de soigner cette fâcheuse allergie dont mon être souffre en votre absence.

Vous, qui êtes un fervent postulant à mes envies décousues, je vous catapulte ce message dans l'espace de nos vies respectives. Ma conscience est réceptive à la *vive priorité* de votre existence que constitue votre vaste royaume. Mis à part une guerre fulgurante et intersidérale qui opposerait nos deux maisons et exploserait notre réalité durement élaborée, notre imprudence passagère restera, je l'espère une simple escale suite à notre éloignement planétaire. Peu importe l'étiquette que l'on se donnera ou les trajectoires contraires que l'on choisira de prendre, afin de poursuivre l'infini parcours qui nous attend jusqu'à nos lointains vieux jours. Promettons-nous s'il vous plaît de rester sur la même étoile. Celle qui brille le plus fort, celle que l'on voit en premier quand le ciel est dégagé, entre le sud-ouest et le nord-est.

Restons là, à contempler les planètes qui tournent autour de nous et ne perdons pas de vue que l'on est assis l'un à côté de l'autre.

Le manque de temps ainsi que vos obligations ne vous permettront peut être pas de faire glisser la plume jusqu'à moi. Je reste donc dans l'attente d'une *non-réponse* de votre part sans que la déception ou la douleur n'éteignent mes bras de même que mon chevet.

Bien à vous mon bon seigneur,

Votre solide et assidu petit soldat.

Lettre à vous mon cher monsieur,

J'ai bien reçu votre lettre ce matin. Votre envie d'écriture est toute à votre honneur. Je comprends vos doutes et vos craintes mon ami. Écrire, c'est sauter dans le vide se retrouver au tréfonds de son être. Le plus dur étant de se lancer. Les premières secondes sont effrayantes, mais l'expérience, belle est enrichissante. Vous et moi sommes constamment gorgés d'interrogations sur nous-mêmes, sur les situations ou sur les individus qui nous entourent. Il me semble effectivement que ce soit un bon moyen pour apprendre à contrôler nos émotions. Bâtir un monde où tout est possible avec comme arme, l'écriture, Monsieur ne pensez pas au jugement et aux réactions de ceux qui vous liront. Vous n'êtes pas obligé de partager vos textes, personne ne vous en tiendra rigueur. Posez-vous les bonnes questions, mon désir d'écrire est-il réel ? Quelles sensations ai-je envie de ressentir ? Quels sont mes souhaits et mes fantasmes ? Mon très cher ami, sachez que l'on éprouve les émotions que l'on écrit. Lorsque vous écrivez des lignes tristes, vous êtes triste. Vous écrivez des textes bourrés de scénarios inassouvis, vous débordez d'envies brûlantes, vos chapitres sont gonflés d'amour, vous le serez également. Les pages sont les miroirs de nos propres âmes et de nos propres humeurs.

Si je peux me permettre de vous exposer ma vision des choses, je le ferai avec le plus grand plaisir. Tenir la plume c'est se construire des édifices dans lesquels nous pourrons nous réfugier pour échapper à nos existences quotidiennes. Chaque pièce de ceux-ci constitue une histoire avec un décor et des personnages qui possèdent eux-mêmes des vécus que nous leur avons attribués. Une extraordinaire bulle de décompression se crée. Toutes nos odyssées sont imaginables. On fabrique des vies, des épopées, un monde, un univers pièce après pièce, page après page, avec des bouts de nous-mêmes. Un exutoire où, pour quelques instants nous pouvons toucher du bout du doigt, des songes qui restent souvent inaccessibles dans une réalité souvent trop dure. On n'écrit pas pour les autres, on écrit pour se découvrir et se révéler à soi. Monsieur, votre inspiration doit prendre racine, pousser, se développer telle une fleur, avec ses couleurs, ses nuances et ses parfums. Vous devez pouvoir vous servir de ce qui vous entoure au sein de votre environnement, de votre foyer, mais pas uniquement. Être capable de vous contenter d'une table et d'une chaise, la plus simple soit elle, ainsi qu'une feuille et un crayon de papier. Même si notre seule vue est un simple mur, le véritable pouvoir de votre imagination est là. Transformer une simple page en clé, qui nous ouvre les portes de notre monde. Peu importe si vous êtes dans un environnement pauvre ou luxuriant, vos pensées, vos réflexions n'ont aucune règle et sont sans limite. Mon cher monsieur, prenez le temps de vous réaliser, de vous construire, regardez-vous, réellement et sincèrement, restez face à vous-même et regardez votre âme dans les yeux. Mon ami votre surprise sera grande quand vous serez conscient du pouvoir de l'écriture et de toutes les découvertes que vous pourrez faire à la suite de l'abandon de vous-même sur une simple feuille blanche. J'aurai mis plusieurs années pour arriver à toutes ces constatations. Je ne le regrette pas une seconde. Mon édifice prend enfin forme et j'espère que le vôtre trouvera également ses couleurs et ses musiques. Recherchez vos trésors cachés et vos sensations englouties, prenez place au cœur de votre demeure cérébrale. Dites-vous bien que l'art devient de l'art s'il vous procure des émotions à vous uniquement. Par la suite, votre œuvre pourra être appréciée par le monde extérieur. Mais à sa découverte elle sera déjà une partie de vous qui se sera préalablement concrétisée.

Je vous remercie de la grandeur et de la sincérité de votre confiance à mon égard. J'ai cherché par ma réponse à m'en rendre un peu plus digne.

Mon très cher ami, je vous fais part de ces quelques lignes avec tout mon dévouement et toute ma sympathie.

Votre fidèle Watson

- Un hommage au poète Rainer Maria Rilke -

L'appartement 7

Partie I

L'appartement 7

Toi qui me lis, as-tu déjà vécu des expériences paranormales ou une fois dans ta vie, as-tu été le témoin d'une manifestation extraordinaire ? Détends-toi, installe toi confortablement, reste dans le silence rassurant de ton "chez toi" et garde l'esprit ouvert. On a tendance à oublier bien trop souvent que ce calme annonce parfois de fortes tempêtes. Écoute attentivement, je vais te raconter ce qui nous est arrivé après l'emménagement dans notre précédent appartement, l'appartement 7 du 4 rue de Metz.

... Dans cet appartement, notre chatte est devenue craintive et sur la défensive, on s'est dit qu'elle avait du mal à s'adapter à notre nouvelle vie, donc nous avons accueilli un chaton que l'on a appelé Oliver. Chacun de nous trouvions nos marques et on commençait à se sentir vraiment bien. Malheureusement cette tranquillité bienveillante ne dura pas très longtemps ...

Ci-joint mon « Journal de bord anormal » : j'ai pris la décision de tenir ce registre après le phénomène du « Chut ! », vous comprendrez après avoir lu ces lignes. Je vous fais donc partager mes véritables notes, les prénoms demeurent inchangés.

Journal de bord anormal

LE CARILLON

Il est 22h, je suis seule chez nous devant la télé. Un carillon en bois, qui se trouve à côté de celle-ci, se met à se secouer. Comme si une personne avait attrapé son extrémité à pleines mains pour le faire carillonner. Mon esprit de pure cartésienne tourne à plein régime et mon cerveau n'a aucune autre réaction que d'éclater de rire et de dire à haute voix : « pff c'est n'importe quoi ! ».

> *Note : Ce phénomène n'est pas anormal, c'est moi qui n'ai pas compris comment il a pu se produire.*

LA DÉFENESTRATION

Les fenêtres sont ouvertes et l'appartement prend le frais. Oliver surgit dans la cuisine comme un vrai boulet de canon et saute par la fenêtre. « Punaise ! Ce chat devient barjo, on est au troisième étage. » Je sais plus quoi faire de lui, le vétérinaire est tellement désemparé que notre mystérieux chat est sous antidépresseurs. « Des antidépresseurs pour chat ! Et oui ça existe ! ». Oliver a commencé par courir en tournant en rond, maintenant il ne mange quasiment plus, il urine dans toute la maison, il tremble également quelque fois, mais cela doit être à la vue de ma transformation en femme volcan, prête à exploser quand une

C'est sa quatrième défenestration cette semaine !

> *Note : Pourquoi ce chat veut-il fuir la maison à ce point ? C'est quoi son problème ? Est-ce hormonal ? Ou alors avec le bol que j'ai, je suis tombée sur un chat suicidaire, c'est possible ? Si c'est le cas, devra-t-il se suicider neuf fois ?*

Pour son bien, nous avons pris la décision de le placer dans une autre famille et aujourd'hui il est très heureux. Qu'il vive dans une maison de plain pied a dû l'aider il n'a plus jamais sauté par les fenêtres !

Le spectre de la dame aux cheveux ébouriffés

Je suis réveillée par mon fils Evan, il est dans son lit et moi dans le mien, il me parle à travers la cloison du mur :

– Maman ! Maman !

– Oui, quoi ?

– Pourquoi tu es dans ma chambre ?

Je tâtonne autour de moi pour être sûre d'être dans mon

lit, en me disant, punaise ça y est ma grande tu deviens cinglée. Je suis bien couchée. Il insiste et nous appelle en disant que je le regarde encore mais que je ne bouge pas. Mikael se lève et va doucement dans la chambre de notre fils, pendant que moi je flippe à mort, j'ai la sale impression d'être dans un film d'horreur du style, Conjuring. Il ne manquerait plus qu'un jouet se mette en marche tout seul. Dans ce cas là, je me sauverais en hurlant, je laisserais homme et enfant derrière moi tout en leur promettant de venir les récupérer le lendemain matin (je suis pas vache !). Le film dans ma tête étant fini, je vois Evan assis sur son lit, il nous maintient que j'étais là, à le regarder, qu'il me parlait mais que je ne bougeais pas. Après avoir réussi à le calmer, on se recouche pour finir notre nuit. Pendant le petit déjeuner, je demande ce qu'il s'est passé, il m'explique que j'étais là, sans bouger, je le regardais, il me parlait et je restais de marbre, c'est d'ailleurs ce qui lui a fait peur, malgré tout il ajoute qu'elle avait l'air gentille et elle avait les cheveux ébouriffés comme moi au lever du lit. Franchement je vois pas du tout de quoi il parle, mes cheveux sont très bien, surtout à partir de 11h.

> *Note : Il devait être dans son sommeil, je devais le réveiller le matin pour l'école donc il devait dormir et s'attendre à me voir, l'esprit humain est quand même bien fait il n'y a pas de doute ! C'est arrivé à plusieurs reprises, il nous la décrit avec les cheveux ébouriffés, il dit qu'elle fait peur mais qu'elle tout de même l'air gentille, elle reste là à le regarder sans bouger et disparaît. »*

Le symptôme de Jeanne d'Arc

À plusieurs reprises, j'écoute Evan chantonner dans son bain. Absorbée par mes occupations ménagères, je l'entends qui m'appelle et me demande pourquoi je lui dis : « viens Evan, viens, viens ! », alors qu'il est au bain, mais je ne disais pas un mot, il est sûr de lui et maintient avec ferveur ses propos.

C'est pas croyable tout le monde déraille dans cette maison !

> Note : à six ans, entendre des voix comme Jeanne d'Arc c'est inquiétant, je préfère donc me dire que les enfants de son âge, (ou de mon âge) ont une imagination débordante ! On entend tout, chez les uns et les autres, dans ces appartements. Je dois m'obliger à ne pas lâcher cette idée pour ne pas perdre pied car si je mets bout à bout toutes les bizarreries qui se passent ici, ça pourrait m'inspirer une nouvelle si toutefois j'écris un livre.

Après cinq années d'attente, c'est avec une joie démesurée que nous avons appris que notre petite famille allait s'agrandir avec l'arrivée prochaine d'une petite fille.

Silhouette noire

Je m'active à la vaisselle. Nous avons un évier en alu et du coin de l'œil, par dessus mon épaule, je vois une petite silhouette noire qui arrive derrière moi, elle court et vient s'accouder violemment contre l'égouttoir. Je ne lâche pas ma vaisselle des yeux très concentrée sur ma tâche. Pour moi, c'est Evan. Comment pourrait-il en être autrement ? Une seconde après l'impact, je tourne la tête, je regarde au niveau de mon coude, où devrait se trouver cette silhouette humanoïde. Je m'apprête à lui dire que si il s'ouvre la tête c'est tant pis pour lui toutefois je m'aperçois très vite qu'à coté de moi, il n'y a personne. Je suis seule dans la cuisine, je rejoins Mikael pour lui demander si notre chatte a couru ou si le petit joue à me faire une blague pour que je doute de ma santé mentale. Il me confirme que Lylo dort sur le canapé et qu'Evan ne me ferait pas de blague pareille, il œuvre toujours pour le repos de mon cerveau fatigué, cependant j'ai bien senti les vibrations de l'évier contre mon ventre quand cette chose s'est écrasée à côté de moi . Quand j'y repense, elle n'avait pas de traits distincts, on aurait dit plutôt, une ombre.

> *Note : Ma vieille ! Tu te fais vraiment de gros scénarios ! Il doit bien y avoir une explication rationnelle, quoi d'autre sinon ?*

Notre petite Charlie est arrivée. Elle faisait déjà partie de notre vie mais là, elle s'est matérialisée dans nos journées ainsi que dans nos nuits. Nous sommes irritables, exténués et en pleine dépression néonatale, mais nous sommes surtout très heureux tout simplement.

LE CHUT !

Je change mon bébé sur le canapé. Elle pleure beaucoup depuis deux, trois jours et je me suis zombifiée par un manque chronique de sommeil. Mes yeux me piquent, j'ai l'impression que c'est de l'acide qui va sortir de sous mes paupières. Je pense avoir ce que l'on appelle, le blues. Je tente néanmoins de l'apaiser. Brusquement Charlie ne fait plus un seul bruit, en une fraction de seconde, un silence de mort plane autour de nous, mon sang se glace sans explication, mon bébé est serré contre moi. Charlie reste silencieuse, elle regarde en l'air et un peu partout, elle a l'air inquiète. Je sens une brise légère mais terriblement froide sur ma nuque, je me fige. À mon oreille, j'entends distinctement un « Chuuutttt ! ». Mon instinct de survie prend le dessus, j'ai l'impression que nos vies sont en péril, j'attrape une couverture, j'enroule ma fille dedans avant de descendre en trombe les trois étages. Je place la petite dans le siège auto, et dans un nuage de poussière je pars jusqu'au parking de l'école. Il est 14h35, les enfants sortent à 15h50. Je m'effondre, il me reste soixante quinze minutes avant la sortie. Ce « Chuuutttt ! », il ne sort pas de ma tête ! Comment ai-je pu entendre un mot alors que j'étais seule ? C'est incompréhensible, ce n'est pas un bruit extérieur, chaque lettre a bien été prononcée. Charlie dort paisiblement dans son siège, elle est si belle, je la regarde et je me demande comment je vais pouvoir la protéger, d'une chose que je ne vois pas et ne comprends pas.

> *Note : J'ai dormi plusieurs jours avec la lumière allumée, cet épisode m'a énormément marquée. Je ne peux en parler à personne, passer pour une folle, non merci ! Avec le temps, nous trouverons des réponses, j'en reste convaincue. Pour le moment, je me décide à écrire ce journal, mon journal de bord anormal.*

POUF-SOUFFLE

Je suis là, en tenue pilou-pilou, mes cheveux relevés sont retenus par deux pinces à linge. Je porte un haut ample qui laisse mes épaules nues, un pyjama short, trop grand, où le seul élastique de la maison est accroché pour l'ajuster à ma taille et mes chaussettes pingouins. Une arme de destruction massive contre toute libido existante mais je m'en fous, je regarde mes œufs cuire et je suis bien. Contre toute attente mes poils se hérissent et mon corps tout entier se raidit. Un souffle ! Un souffle se pose sur mon cou. Je suis paralysée, clouée au sol. C'est une forte respiration sur ma peau, elle va de mon cou à mon oreille puis redescend jusqu'à mon épaule puis plus rien. Je reprends possession de mon corps. Que se passe-t-il ? Non mais sérieux c'est quoi ce délire ?

> *Note : J'ai eu peur, mais la question est : « de quoi ai-je eu peur ? »*

En me lisant vous ne vous dites pas que cette histoire est tordue ? Imaginez alors une seconde que tout cela vous soit arrivé à vous.

LE GESTE DE TROP

Mes parents sont là, on boit un café avec ma mère en papotant, mon fils fâché arrive vers nous et me reproche de lui avoir jeté un Playmobil. Il jouait sur le sol de sa chambre, la porte se serait entrouverte, quelqu'un ou quelque chose lui aurait envoyé un Playmobil qui serait passé près de sa tête avec une force telle, qu'il aurait rebondi sur le mur . Evan est en colère et soutient son récit les larmes aux yeux ; ma mère se demande ce qu'il se passe et si c'est courant ici que des objets se jettent sur des enfants.

> *Note : Il y a forcément une explication, je l'espère car on va crescendo dans la paranoïa collective, ça craint.*

L'EFFROYABLE DOUCHE

Je traîne des pieds aujourd'hui quand une envie d'aller dans la salle de bain naît dans un coin de mon cerveau. Cette envie se transforme peu à peu en besoin, puis en nécessité. Je suis consciente que c'est complètement absurde, je tente de lutter, en vain, « et puis merd*** ». Je me dirige en direction de celle-ci, je perds brièvement et maladroitement l'équilibre en trébuchant, « ben voilà en plus de devenir sénile j'ai des problèmes moteurs maintenant, bravo ! belle évolution. » J'arrive dans la salle de bain, je réalise qu'à présent le rideau de douche est fermé, je le vois, tellement bien tiré et tendu que cela me fait froid dans le dos. Je me rapproche de plus en plus près, j'ai la sensation que l'on m'observe là derrière. Comment peut-on guetter quelqu'un à travers un rideau de douche opaque ? Dans les films d'épouvante ou dans certains films pornos, c'est quand on est sous la douche que l'on est épié et pas l'inverse. Ma pensée me détend un peu, il y a presque un début de rictus qui s'affiche sur mon visage car je suis bon public y compris pour moi-même. Je rassemble mon courage et d'un coup sec et assuré, j'ouvre et rien, absolument rien puis je me dis que je suis une débile et je m'autoflagelle des heures durant.

> Note : C'est ma journée : "maman bordélique et feignante". Je suis très vigoureuse sur l'application des règles de cette journée. Paresse et chaos sont les maîtres mots, je n'ai aucun souvenir d'avoir touché à ce rideau.

L'ATTAQUE INVISIBLE

Avant d'éteindre la lumière pour dormir, Mikael et moi traînons en lisant un livre, « oui, comme des petits vieux et alors ? », Lylo dort avec nous, elle fixe un coin de la chambre. Elle se lève, elle fait le dos rond avec les poils dressés et grogne, on l'observe retrouver peu à peu son calme, nous reprenons nos lectures respectives.

Note : Ce phénomène arrive régulièrement, que voit-elle que nous ne voyons pas ? Les interrogations existentielles du chat ne font pas partie de mes priorités mais cela entretient ma curiosité.

UNE HISTOIRE DE PORTE

Le petit est au lit, on entend la porte de sa chambre s'ouvrir et se refermer, nous sommes sur le canapé, nos regards se croisent, et traduisent un « allez ! Que veut-il encore ? On ne peut jamais être tranquilles ». Une ou deux minutes s'écoulent, Mikael se lève du canapé, j'entends ses pas, il revient, il est dubitatif, il me confirme que c'est pas Evan car il dort profondément

Note : C'est la première fois que Mikael est là et qu'il vit une de ces choses inexplicables. Du coup, un bout de ma lourde solitude s'envole. Désormais, lui aussi sait ce que cela fait d'être dérouté au point de ne plus croire en son bon sens et en son jugement. C'est quand même plus sympa de perdre la raison à plusieurs.

CONTENU INTROUVABLE

Notre Lylo est experte pour ouvrir toutes sortes de portes, pourquoi ne pas faire une vidéo de tout cela ? Voilà donc mon idée du jour : faire de notre "Cats" une star sur Youtube. On se positionne, matou et moi sommes dans ma chambre, Evan de l'autre côté de la porte à secouer les croquettes, Lylo, prévisible, saute sur la poignée et entame un mouvement de balancier, la porte cède pendant que je la filme avec mon téléphone, on fait vraiment n'importe quoi, c'est pas grave on s'amuse. Une fois l'enregistrement terminé, nous sommes trop pressés de voir le résultat, on s'installe mais un carré noir apparaît à l'emplacement de la vidéo avec inscrit dessus : CONTENU INTROUVABLE. Mon fils déçu commence à nous jouer l'acte des larmes de crocodile. Pas de panique ! C'est une erreur, un dysfonctionnement de mon mobile. On recommence de nouveaux essais, entre temps, on fait des tests, on filme nos pieds, un coin de mur, ou simplement le vide. Pourquoi cet acharnement me diriez-vous ? Je vais vous le dire, toutes les vidéos où Lylo apparaît sont inexploitables, je retrouve à chaque vidéo sur laquelle la chatte ouvre une porte, un carré noir avec inscrit, CONTENU INTROUVABLE. Tout le reste fonctionne très bien. Nous avons tenté plusieurs angles différents qui nous sont venus à l'esprit sans qu'Evan ne se doute de nos interrogations.

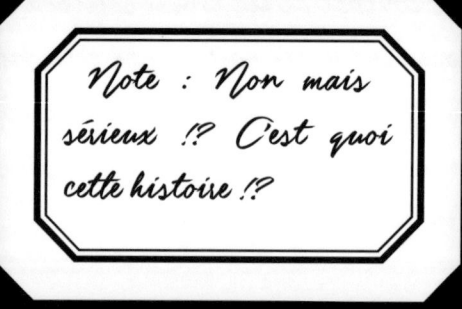

Note : Non mais sérieux !? C'est quoi cette histoire !?

Nous sommes au lit avec Mikael à jouer à saute-mouton pour adultes (je vous fais pas de dessin), il fait nuit noire mais on peut voir nos contours, je suis sur le dos et il est au dessus de moi, (ben oui c'est lui qui m'a attrapée !) Je regarde le plafond sans vraiment le fixer car à ce moment là j'ai d'autres choses en tête, je vous passe donc les détails. Le temps de cligner des yeux, une masse noire est au-dessus de moi et ce n'est pas Mikael. « Mais c'est quoi ce machin ?! » On dirait un buste qui sort du mur à un mètre au-dessus de moi. Comment un buste peut-il sortir d'un mur ? Cette masse est là, immobile, on dirait qu'elle me regarde, « Punaise c'est bizarre d'avoir un public pendant une manche de saute-mouton ! ». Je vois une personne ou une forme, c'est dingue ! Je ne la quitte pas des yeux et je demande à Mikael d'allumer la lumière, il est ronchon, il était sur le point de gagner la partie. Je ne détache pas mon regard. La lumière envahit la pièce puis, plus rien, je suis au milieu du lit. L'ombre a disparu.

> Note : Je ne comprends toujours pas. À partir de ce moment, j'ai la nette impression que la masse noire et la femme sont deux entités bien distinctes. Je ne sais pas si c'est bon ou mauvais, j'ai déjà du mal à accepter qu'il y ait une vie pour les personnes décédées.

Course sonore

Une fois couchés cela fait une semaine que l'on entend très nettement des pas, un coup ils marchent, un coup ils courent dans le couloir qui mène à notre chambre. Le plus étrange, c'est qu'on les entend toujours venir dans le même sens. Les sons sont clairement audibles, on observe la porte, on s'attend à ce qu'elle s'ouvre avec fracas. Mikael me maintient que c'est le voisin du dessous car cela se produit tous les soirs puis nous vivons au dernier étage, nous n'avons personne au-dessus. Je lui maintiens qu'il n'y a pas que les châteaux d'Écosse qui sont hantés mais peut être aussi des appartements en France. Depuis notre rencontre il croit que j'ai un grain donc mes observations ne l'interpellent en aucune façon. Une semaine, jour pour jour est passée, les phénomènes ont disparu, plus un seul bruit. J'ai croisé le voisin du dessous et en rigolant je lui ai dit « Tu as mis des sabots ? Non ? On avait l'impression que tu étais dans notre couloir ! ». Il m'a répondu que c'était impossible puisque cette semaine là il était parti en vacances. Quelle nouille !!!! J'aurais dû enregistrer les bruits de pas.

Quelques mois plus tard on emménage dans le bâtiment de droite au rez-de-chaussée. Tout se passe bien, nous sommes ravis. Je suis nounou et comme si notre vie était pas déjà assez bordélique nous avons pris Maddie, une chienne basset hound. Tout le monde dort mieux et, pour ma part, je n'ai plus besoin de veilleuse pour trouver le sommeil, absolument rien à signaler ici depuis notre changement de logement.

Jusqu'au jour, où ...

Dans la matinée, je téléphone à mon amie Coccinelle. J'ose lui raconter notre expérience anormale et inattendue de l'appartement 7. Et je lui fais part de mes interrogations, qui était-elle de son vivant ? Avons-nous vécu avec des revenants ou était-ce notre imagination qui se jouait de nous ? La conversation avec Cocci se poursuit et la journée également. Le soir un couple vient nous acheter notre console de jeux. Mikael les amène pour la tester dans la chambre d'Evan car c'est là qu'elle se trouve. Le couple satisfait souhaite repartir avec, mais la porte ne s'ouvre plus. Rien n'y fait la porte ne cède pas, une seule solution passer par la fenêtre, punaise la honte ! Les acheteurs viennent de dépenser quatre vingts euros et, nous on les fait passer par la fenêtre Mikael a dû dégonder la porte pour en venir à bout. Après avoir examiné d'où venait le problème, nous nous sommes rendus à l'évidence : le mécanisme du pêne de la porte avait littéralement explosé à l'intérieur. Depuis le temps que l'on est ici, rien de semblable ne nous était arrivé. Dans la nuit, Maddie me réveille, elle gémit de peur, elle n'a jamais pleuré, même durant ses premières nuits avec nous quand elle était bébé, c'est pourquoi cela reste anodin. Coïncidence…? Le matin, pour la première fois, je parle de cette femme aux cheveux ébouriffés. Est-ce possible...? Quelques jours passent et la maman du petit que je garde me dit : « Tu sais, il faut que je te raconte quelque chose, le petit voit une femme dans sa chambre, il dit qu'elle lui fait peur, mais qu'elle est gentille . Elle reste là, elle le regarde dans son lit, postée dans un coin. Tu me crois folle, hein ? »

Et si tout cela recommençait ? Je veux savoir qui elle est. D'où vient-elle ? Pourquoi se montre t-elle aux jeunes garçons uniquement ? Des petites filles vivent ici et aucune d'elles ne l'a aperçue. Par où commencer ? Je me met instantanément dans la peau d'un super détective telle mon idole, le grand et l'unique Hercule Poirot.

Investigations paranormales de l'appartement 7

Je reste intimement persuadée qu'il se passe quelque chose dans l'appartement 7, je ne suis ni folle, ni délirante. J'espère pouvoir mettre un nom sur cette âme tourmentée. La mairie est un bon début, la petite dame aux grosses lunettes me renseigne mais ça ne donne rien, j'entame donc du porte à porte. Plusieurs personnes de la commune m'ouvrent leurs maisons et j'écoute avec attention des témoignages d'un autre temps. On m'informe que c'était un collège pour filles jusqu'en 1918, puis une école primaire pour garçons jusqu'en 1960-1964, le tout tenu par des sœurs de la paroisse, le reste de la parcelle se trouvait être les jardins.

Une école primaire pour garçons, y aurait-il un lien avec cette dame aux cheveux ébouriffés qui apparaît uniquement à de jeunes garçons ?

Il y aurait eu également dans le village des procès pour sorcellerie qui se sont déroulés non loin de là. Je prends conscience alors des difficultés de l'époque où la vie y était si incertaine. Des décès de malades, des meurtres, des corps disparus que l'on ne retrouvera jamais. Je contacte un historien par téléphone, c'est très drôle, il a une voix de gros Père Noël sympa et bienveillant, il me confirme mes premières constatations sur les antécédents historiques, il me rappelle également que l'occupation allemande avait eu de gros impacts sur la région, la population et sa diminution. Il y a encore quelques semaines, non loin de là, le squelette d'un Boche a été retrouvé par un agriculteur qui labourait son champ. D'après lui, il serait fort possible qu'une femme aux cheveux ébouriffés soit morte sur le terrain sans y être répertoriée. Je me débrouille pour que l'on ait les clés de notre ancien appartement qui est toujours inhabité. Avec mon amie, Coccinelle, nous décidons d'y passer la soirée. On n'était pas sûre de trouver quelque chose mais, qui ne tente rien n'a rien. Après quelques verres de Get 27, équipées de nos enregistreurs numériques et de nos caméras nous sommes prêtes à l'action. Installées sur le sol du salon, on a posé des questions du genre : « Bonsoir, y a-t-il quelqu'un ? Faites un bruit s'il vous plaît! ». J'avoue que l'on avait l'air assez idiotes mais aucune excuse n'est inutile pour boire un verre entre fille. Un bruit est revenu à quatre reprises, à notre demande. On reste silencieuses un instant, quelques secondes plus tard, « toc, toc », pas sur le mur mais à l'intérieur du mur, étrange ! À la fin de la soirée nous sommes rentrées chacune chez soi. Après une nuit de sommeil agitée, j'écoute le moment, des bruits que l'on avait en réponse. Le dernier est très clair. Un peu plus loin dans l'enregistrement, je pose une question « Est-ce que c'est vous que j'ai entendu marcher dans les couloirs ? » À la suite, on peut entendre une réponse à peine audible, hachée et lointaine un « non ! » sorti de nulle part. Cela m'a glacé le sang, mon intérêt pour cette affaire grandit et domine mes angoisses à présent. On a trouvé aussi un « Tchika » d'une voix rauque et menaçante qui était vraiment très inquiétante. Vérification faite c'est Coccinelle qui éternue en voulant dire « je ne sais pas », cela nous a faite beaucoup rire. Je renouvelle l'expérience un autre soir mais cette fois de manière différente, je place mon enregistreur numérique et une caméra au milieu du salon pour la nuit et je rentre chez moi. Au matin, je récupère mon enregistreur. Il y a des bruits, c'est indéniable, certains sont explicables très simplement et facilement, pour d'autres c'est plus compliqué, comme :

- un meuble que l'on traîne à côté de l'enregistreur

- deux sifflements courts mais audibles
- quelques bruits de pas
- à un moment on peut entendre un froissement très fort semblable à une personne qui toucherait l'enregistreur
- un faible son comme le fredonnement d'une femme
- des coups qui sont dans la pièce

Y a-t-il un corps de femme oublié sur le terrain qui cherche son petit gars ? Une des sorcières qui se serait fait torturer et tuer, serait-elle à l'origine de la dame aux cheveux ébouriffés? Une institutrice ou une surveillante de l'ancienne école pour garçons, serait-elle morte en ces lieux ?

On ne parla plus jamais de la dame aux cheveux ébouriffés. Plusieurs pistes sont à exploiter pour trouver la véritable identité de cet esprit errant. Je suis certaine aujourd'hui qu'il y a un monde invisible autour de nous. Un univers qui envahit nos vies et nos maisons quand nous sommes endormis et dès que l'on a le dos tourné. Ce sont juste des personnes comme vous et moi, accompagnées de restes d'histoire qui ont survécu au temps, elles sont coincées entre la terre et le ciel.

Gardons l'esprit ouvert et aux aguets. Soyons attentif à ce que peuvent vivre ou vous dire, certains enfants. Vous est-il arrivé des anecdotes de ce genre là? Vous doutez de ce que vous voyez ou de ce que vous entendez dans votre foyer ? Je vous encourage à mettre en œuvre vos expériences. Caméra et enregistreur numérique en main et s'il le faut Get dans le gosier, prospectez, enquêtez et sondez, vous pourriez être surpris de découvrir, que votre logis vit et respire en votre absence.

Il faut des pionniers dans tous les domaines, particulièrement ceux qui nous échappent. Nous sommes de nature méfiante, nous voulons du concret et du solide pour échafauder nos propres opinions.

Prenons par exemple ; les premiers hommes qui parlaient de calamar géant (désolée je n'ai rien trouvé de mieux comme comparaison). Ils étaient pris pour des fous cependant nous savons que ces monstres des mers, sortis tout droit d'un récit de Jules Verne, existent depuis 1925. Le sujet est resté tabou pendant plusieurs dizaines d'années malgré les preuves existantes.

Pour le moment nous en sommes là. La vie de nos morts se trouve dans la boîte des *calamars géants*, en attendant d'être rangée dans le coffre *des certitudes*. Devenons des explorateurs du monde invisible, tenons chacun notre *Journal de bord anormal*.

Quand on y réfléchit, peut-être que quelqu'un vous regarde me lire à cet instant ! N'ayez pas peur! Tout un univers embusqué et inexploré vit autour de vous, il vous attend, il ne demande qu'à être révélé. Rester septique et hermétique n'est pas une solution en soi. Il ne tient qu'à nous d'y croire ou de fermer les yeux. Pensez-y !

Sommaire

L'homme aux yeux Marguerites 7
Mon frère s'appelait Marcel 9
La fée des gens 17
La bouteille 21
L'échoppe à bisous 23
Les cultivateurs de larmes 27
Chroniques d'un banc public 31
De la Capricieuse au volcan 39
La rue des Clémentines 43
Ma chienne qui fume 47
Sorcellerie capillaire 53
Soupirons-nous ? 59
L'homme coquelicot mégalo 63
La machine à attraper les cœurs 67
Mes nuits blanches 71
La colonie 81
My Memories 83
Notes 91
Notes parentales 97
Lettre à vous Roi de Pique 101
Lettre à vous Cher Monsieur 105
L'appartement 7 109

Remerciements

Merci à celles et ceux qui ont cru en moi. Oui en « moi » !

Merci ! Le mot est faible pour m'avoir soutenue et supportée. Moi, la femme instable, névrosée, angoissée que je suis, et qui, de surcroît, a un manque de confiance en elle viscéral. Ma tête ne fonctionne pas toujours à l'endroit ou comme il le faudrait. Mon cœur et mes tripes font les équilibristes, ils finissent souvent en grand écart. Vous n'avez rien lâché dans cette aventure. La gigantesque tribu que forment, ma famille, mes enfants, Mikael, mon mari qui a survécu brillamment aux tempêtes et aux orages pour tenir la barque à flot. Samuel PIERRE, photographe talentueux au grand cœur, fleuriste de « fleur de peau », RV, dessinateur brillant et magicien, lointain cousin de Merlin... À toutes mes précieuses fées correctrices qui ont eu bien du mérite dans leur forêt solitaire : Béatrice CS, Coccinelle, Claire, Sherlock, mes parents Pap's et Marie, Sylvie, Mr Bouc... À toutes celles et ceux qui ne sont pas nommés, mes fées accompagnatrices qui m'ont hissée sur le haut de cette folle épopée... À mes elfes modèles Jo et Nico qui ont donné leurs essences pour immortaliser leurs âmes... À mes nymphes Seb et Momie qui ont transformé mon histoire en feuillets volatiles... Aux peuples fées, gnomes, elfes, magiciens, bouquetins, centaures et sorcières, à vous sans qui mon grimoire n'aurait pas trouvé ces pages, et mes fables biscornues n'auraient pas pu trouver leurs souffles.

Avec qui ? Avec toi, avec nous, avec eux, avec elle(s), avec lui, j'ai besoin de tout cela à la fois. La pauvreté de l'âme est encore plus grande que la pauvreté matérielle, j'ai la chance de vivre dans une totale abondance luxueuse de cœur car je vous ai, vous ! Merci.

© 2017, Frédéric, Isabelle
Edition : Books on Demand,
12/14 Rond-Point des Champs-Elysées, 75008 Paris
Impression : BoD - Books on Demand Norderstedt, Allemagne
ISBN : 9782322081073
Dépôt légal : septembre 2017